U0579490

微言·五言小诗说

王红丽 著

陕西新华出版
太白文艺出版社·西安

图书在版编目（CIP）数据

微言：五言小诗说 / 王红丽著 . -- 西安 ：太白文
艺出版社，2024.6
ISBN 978-7-5513-2623-0

Ⅰ．①微… Ⅱ．①王… Ⅲ．①五言诗－诗歌研究－中
国 Ⅳ．① I207.22

中国国家版本馆 CIP 数据核字（2024）第 110083 号

微言：五言小诗说
WEIYAN：WUYAN XIAOSHI SHUO

作　　者	王红丽
责任编辑	李明婕
封面设计	李　李
版式设计	宁　萌
出版发行	太白文艺出版社
经　　销	新华书店
印　　刷	四川科德彩色数码科技有限公司
开　　本	880mm×1230mm　1/32
字　　数	150 千字
印　　张	6
版　　次	2024 年 6 月第 1 版
印　　次	2024 年 6 月第 1 次印刷
书　　号	ISBN 978-7-5513-2623-0
定　　价	76.00 元

版权所有 翻印必究
如有印装质量问题，可寄出版社印制部调换
联系电话：029-81206800
出版社地址：西安市曲江新区登高路 1388 号（邮编：710061）
营销中心电话：029-87277748　029-87217872

广东省普通高校特色创新类项目（人文社科）（项目批准号 2017GWTSCX020）

艺术类高职院校完善中华优秀传统文化教育研究与实践结项成果（证书号 202217WT027）

小引

　　中国古典诗歌是中华优秀传统文化的重要组成部分，经过长期发展，内容地负海涵，几乎面面俱到，体裁也十分完备。其中五言四句的小诗，仅有二十个字，却有着不输于其他任何体裁的丰厚内涵。

　　五言四句的小诗，是随着语言的发展逐步形成的。初始是自发创作的，格律产生之后，逐渐形成五言绝句。按照格律是否要严格与押韵是平是仄，分为律绝和古绝。因小见大，以少总多，是其最大特色。

　　本书按年代顺序，选择各朝代诗人的代表作共八十六首，进行解读，期望挖掘其中丰厚的文化内涵。让古籍中的文字活起来，在新时代获得新生命，走进现实生活，更好地丰富人们的精神生活。

2023 年 12 月 28 日于广州

目 录

Contents

七步之才堪重生

七步诗

【三国·魏】曹植

煮豆 / 燃 / 豆萁（qí），豆在 / 釜（fǔ）中 / 泣。

本是 / 同根 / 生，相煎（jiān）/ 何 / 太急？

【解读】

　　这是一首知名度很高的诗，人们津津乐道的是，曹植的才华太出众了，他在七步之内就写好了一首诗，挽救了自己的性命。这样的一首诗，为什么会挽救一条性命？自然与命令他写诗的人关系重大。

　　命令曹植写诗的，是他的亲兄长曹丕。二人同为曹操的儿子，曹植自小才华出众，深得父亲喜爱，一度欲立为太子。曹丕虽然也很有才华，但与弟弟相比，还是稍逊一筹，自然会心生羡慕，或许嫉妒也是有的，但是还不至于要杀掉弟弟。真正让曹丕对弟弟动了杀机的，还是父亲想要身死之后让曹植继位这件事。现实没有按曹操的意愿发展，曹操去世之后，曹丕由世子荣升魏王，他不仅继承了父亲的王位，而且还更进一步，同年十月，汉献帝被迫禅让帝位，曹丕上位，是为魏文帝。按说曹丕做皇帝之后，地位稳固，对于曾经是自己竞争对手的弟弟，应该释怀了才对，但是并没有。曹丕对包括曹植在内的弟弟们都怀有杀心，尤其是曹植。这一次命令曹植当众七步之内作诗，便是他杀曹植的一个借口。他没有想到弟弟真的能够写出来，而且在某种程度上，还感动了自己。

诗歌本身不难懂，讲的也是生活中常见的事情。

生活在农村的人，豆子成熟的季节煮豆子，是常见的事；煮豆子的时候以豆秆儿为燃料，也是非常自然、非常不错的选择，此之谓"煮豆燃豆萁"。

这么自然的事情，到了曹植这里，却有了不一样的视角：他仿佛变成了那煮在锅里面的豆子，体会到了豆子受尽煎熬的心情，于是他哭了。

你以为他哭是因为自己被"煮"了吗？那你只想到了一个方面，他哭，更主要的是因为在锅下面做燃料助纣为虐的，是和他一条根上长出来的豆秆儿啊。

诗到此结束，曹植没有再多说一句话。但是没有说出来的话，却是最有力量的。"本是同根生"，说的是曹丕和自己，"相煎何太急"，说的是哥哥此时此刻对自己所做的事情。就在那一瞬间，曹丕想到兄弟二人一起长大的点点滴滴，心底最柔软的地方被触动。于是，他手下留情，曹植才得以保全一条性命。我不愿意说，是因为曹丕当着众臣的面不想食言才留下曹植性命的；我更愿意相信，同为文学家的曹丕，深深地感受到了弟弟发自内心的那份感情的呼唤，对别人性命生杀予夺的虚荣感也暂时性地得到了满足，他才放了曹植一马。

曹植自然是厉害的，他被称作"建安之杰"，连谢灵运这等人物，也对他佩服得五体投地，许之以"才高八斗"的赞誉。而他正是用自己出众的才华，在如此性命攸关的时刻，写出了情真意切的作品，保全了自己的一条性命，这不可谓不传奇。此诗能流传千古也算实至名归。

千里送春情谊浓

赠范晔（yè）

【南朝·宋】陆凯

折花 / 逢 / 驿（yì）使，寄与 / 陇（lǒng）头人。

江南 / 无 / 所有，聊赠 / 一枝 / 春。

【解读】

关于此诗，有诸多争议。搁置争议，从文本出发，能感受到的是一份浓浓的深情。

诗题中的范晔是诗人陆凯的好朋友。根据诗中所写，写作此诗时，陆凯居江南，范晔在西北。

江南春日，万物复苏，风和日丽，花红柳绿，草长莺飞，鸟语花香，此等景致，足以激发所有人的向往。陆凯就是在这样的春日里外出悠游。游赏途中，偶遇花林，花开得正盛：枝叶扶疏，秀色满枝，芳香扑鼻，沁人心脾。诗人不胜喜爱，于是随手折下一枝。

恰在此时，诗人碰到了驿站的信使，忽然想起了远在西北的好友范晔：西北的春景想必完全不同于江南，是另一番景象吧。念及此，诗人将折下的花枝交与信使，托他带给好友。一个"逢"字，看似无意，实则有心：能时时想起的朋友，可见一直在心中。诗人随花附信"江南无所有，聊赠一枝春"。江南物阜民丰，并非一无所有。诗人此言，其意在于，实际物质层面的所有东西，没有一样可以代表诗人此时的心意，唯有花枝，外表美丽，其质高洁，香远溢清，由内而外都是令人折服的，还有什么能够比得上呢？此刻的花枝，已经完全超出它的本质形态了，既是江南春意的代言，也是诗人心意的外化，更是对好友的深情思念和祝福……如此，不把它寄给好友，简直就是此生大憾。

读这首诗，会想起"投我以木瓜，报之以琼琚"，不是别的东西，而是那一份牵挂人的心意很难得。可以想象范晔收到这枝花的场景，一定会非常感动，因为朋友时时刻刻在挂念着他，还有什么比这个更宝贵呢？

千里送春情谊浓

螳臂当车诚可哀

临川被收

【南朝·宋】谢灵运

韩亡 / 子房 / 奋，秦帝 / 鲁连 / 耻。
本自 / 江海 / 人，忠义 / 感 / 君子。

【解读】

　　谢灵运出身于东晋望族，乃名将谢玄之孙，年纪轻轻就袭封为康乐县公。刘宋建立后，降封为康乐县侯，担任过永嘉太守和临川内史。因不满刘宋王朝的统治，寄情山水，不理政务。如此做派，引起当权者不满，故派人前去抓捕。谢灵运愤激之下，将来人扣押，并兴兵自卫。此诗即作于此时。

　　历史上的张良，以辅佐刘邦建立汉朝闻名。但鲜为人知的是，此前，张氏一族，曾五相韩国。故韩国灭亡后，张良曾多方活动，以便能觅得良才刺杀秦始皇。奈何此事未成，韩国终究还是灭亡了。此即"韩亡子房奋"。

战国时期，七雄争霸。横成秦帝，纵合楚王。纵横家如苏秦、张仪之流，朝秦暮楚，寻求机会以争权夺利。在众多的纵横家中，鲁仲连却与众不同，他主张合纵抗秦的意志极为坚决，为此也付出了极大的努力。但最终依然是秦国一统天下，合纵的策略彻底失败。鲁仲连深以为耻，便归隐不出。此即"秦帝鲁连耻"。

前两句，谢灵运借张良、鲁仲连，谈自己心中块垒，表明的是耻为宋臣愿奋起反抗的决心。后两句，以"忠义"二字评价张良和鲁仲连，认为二人虽然都是无关利益方，但都渴望干出一番事业，所以选择了行动。这种忠义之举，千载以下，令谢灵运倍加感佩。所谓"江海人"，表明谢灵运原本只想纵情山水，由于统治者的逼迫，才不得不奋起反抗，并借张良、鲁仲连，表达心中的愤激。

话虽如此，但该说不说，秦并六国为历史大势，张良与鲁仲连虽奋起报仇，通过各自的方式做出努力了，但是依然没能阻止秦始皇完成统一大业。谢灵运在写这首诗的时候，不知道有没有想到，自己的做法犹如螳臂当车、蚍蜉撼树，绝无可能阻挡刘宋灭晋的历史大势。纵然刘宋当局的做法令人不齿，但因一时愤激选择兴兵拒捕，谢灵运终究还是草率了些，天真了些！

多情热烈少年郎

东阳溪中赠答二首·其一

【南朝·宋】谢灵运

可怜 / 谁家 / 妇? 缘流 / 洒 (xǐ) / 素足。

明月 / 在 / 云间, 迢迢 / 不可得。

【解读】

一种文学体裁的产生，大多出于民间，因为劳动人民的智慧是无穷的，但是要更加成熟，就需要文人的加持。《东阳溪中赠答二首》，就是谢灵运向南朝民歌学习而创作的作品。南朝民歌的最大特点是诗歌绝大多数写男女之情，这两首也不例外。比较新颖的是，这一组诗为男女对歌的形式，第一首是男子唱给女子的，第二首则为女子的回答。设想其时场景，浓浓的生活气息扑面而来。这是其中的第一首。

诗以"可怜"二字开篇，可见女子的出现对于男子的冲击力：这一定是个外表漂亮的女子，但又不止于漂亮，可能还带有行为上的娇憨活泼，以至于男子一见之下，不禁惊呼：哇，好可爱啊！这是谁家的女子呢？女子行为上的娇憨活泼，应该就是第二句所说"缘流洒素足"，就着清清的溪水，女子洗着她白皙的脚。有论者说，女子白皙的脚是一个极富刺激性的意象。我却觉得须加以分辨。这一对男女相遇的契机，在于二人都在溪边劳作。男子可能是船工，而女子很可能是浣纱女。若男子为路人，则对于当地的民歌应该不太熟悉，更加唱不出；若女子非浣纱女，无缘无故出现在溪边就不合常理，更遑论脱掉鞋子洗"素足"。

二人劳作之际偶然碰见，女子出众的外表立即吸引了男子；或许除了外表，勤劳的品质对于同为劳动者的男子更有吸引力。因而后两句男子把女子比作了云间月。云间月，是高远而超凡脱俗的意象，无比皎洁却可望而不可即。男子对这个女子的情感由此可见一斑。"迢迢不可得"更是将男子内心的情感表现得淋漓尽致：喜爱，想亲近，却又无法亲近。

诗于此结束，读者能感受到男子内心渴求一个答案的焦灼。言虽已尽，意却无穷。

率真坦荡少女心

东阳溪中赠答二首·其二

【南朝·宋】谢灵运

可怜 / 谁家 / 郎？缘流 / 乘 / 素舸。

但问 / 情 / 若为，月就 / 云中 / 堕。

【解读】

这一首紧承第一首而来，是女子对男子的回答。

首句亦以"可怜"二字发端，和前一首呼应，二人堪称一
见钟情。再加上"郎"的称呼，可见女子对男子也是心有爱慕
的。因此，男子一定是欣喜若狂的：原来我不是单恋啊。女子
开口就说：好可爱啊，这是谁家的儿郎呢？在江中稳稳地驾驶
着帆船。不必纠结"素舸"究竟为何，只需要知道，这是男子
工作的场所，他正热烈地表达着爱意。正因如此，这艘"素舸"
也显得十分可爱了，颇有爱屋及乌的意味。

与前一首的前两句相比，这一首的前两句只将"妇"改成

了"郎"，将"洒素足"改成了"乘素舸"，体现了鲜明的民歌特色。民间对歌往往如此，仅改动少数的字，表达大略相同的情感，既互相呼应，又轻快灵活。

后两句，女子更是明明白白地表明了自己的心意：如果要问我的心情怎么样？你看那月亮已经落到云中去了。如果说，上一首的云间月是高远、可望而不可即的，那么这一首诗中，女子亦以月亮比喻自己，却以"云"比喻男子，所谓"月就云中堕"，意思就非常明显了，我并非"迢迢不可得"，而是已经走到你跟前了。芳心已许，两情相悦的美好气氛弥漫在这一对青年男女之间，不禁令人开怀。

将两首诗歌合而观之，一幅在青山绿水的广阔背景中徐徐展开的民俗风情画，缓缓呈现在读者面前，清新秀美，溢满了浓浓的生活气息。

春光热闹独孤寂

王孙游

【南朝·齐】谢朓（tiǎo）

绿草 / 蔓（màn）/ 如丝，杂树 / 红英 / 发。

无论 / 君 / 不归，君归 / 芳 / 已歇。

【解读】

永明体新诗是南朝齐永明年间出现的。四声产生之后，格律渐兴，诗人谢朓、沈约等人将格律运用到诗歌中，形成了永明体新诗。它是我国格律诗的开端。谢朓是永明体新诗的代表人物，他的诗深得李白的喜欢，许以"清发"二字，表明谢朓的诗歌风格清新俊逸。这首小诗也当得此赞。

开篇两句，以十个字写了美丽热烈、鲜艳壮观的春天的景象：春回大地，万物复苏。由近而远，一眼望去，到处是青青碧草，无边无际，如同柔软细密的丝线。这一句，当你闭眼细想，一片颜色纯粹，视野无垠，甚至还有绵绵触感的春日草场景象缓缓展开。碧绿的草场之上，点缀着各种各样的树木，每一棵树上都开满灿烂的红色花朵。

　　春景真是壮阔无边啊！可是如此美好的景色，自己却只能一人欣赏，因为思念的人不在身边。后两句，诗人直抒胸臆：别说你现在还没回来，就算你很快回来，春天也要过去了。如此美好的风景已经渐次凋零了，你应该是看不到了。

　　显然，此诗运用了乐景哀情的反衬手法。前两句有如何热烈壮观，后两句就有如何凄凉落寞。乐景之下，哀情倍增。读罢，徒留无限怅惘。

坐立难安盼君归

同王主簿有所思

【南朝·齐】谢朓

佳期 / 期 / 未归，望望 / 下 / 鸣机。

徘徊 / 东陌 / 上，月出 / 行人 / 稀。

【解读】

　　诗题中的王主簿是指王融，与谢朓同在"竟陵八友"之列，关系密切，常有诗歌往还。这一首便是受王融《有所思》启发所写的。《有所思》原是汉乐府旧题，多写男女之间的离别之情，这首也不例外。

　　诗中的抒情主人公是一位思妇。丈夫应是与她约定了归来的日期，所谓"佳期"是也。但佳期已至，丈夫却没有回来。此即"佳期期未归"。第二个"期"，指期待的人。这一句与李商隐《夜雨寄北》恰可互答。李商隐诗云："君问归期未有期"，你问我什么时候是归期呢？我也不敢肯定地作答。这也就是此诗中，明明约定了归期，丈夫却没有回来的原因了。因为出门在外，计划永远赶不上变化。

正是因为丈夫没有回来，所以才有次句思妇"望望下鸣机"的表现。"望望"二字，是说因为心中怀着期待，所以即使在织布的时候，她也时不时地东看看西看看，以至于根本无心织布。而所谓"鸣机"，是指思妇平日织布时用的织布机。织布机使用时会发出声响，所以以"鸣机"称之。可以想象，日常织布的女子，因为丈夫没有回来，内心异常烦躁，所以一边时不时东张西望，一边格外用力地烦躁地蹬踩织布机，以至于织布机发出来比往常更大的声响。这种烦躁终于让她连布都织不下去了，于是她从织布机上下来了。

下来之后做什么呢？为了散心，她出门了。出去之后，"徘徊东陌上"，步行去了东陌，并在东陌走来走去。女子在东陌走来走去的身影，即是她内在情感的外化。可以想见，她为了使内心平静下来，做出了多大的努力。

直到月亮出来，东陌已经没有多少行人了，女子的内心才渐渐地平静下来。最后的"月出行人稀"，写出了深蓝色的夜幕下，女子一个人望着月亮，思念着未归的丈夫。那一份外在的烦躁，终于内化为更深刻的思念，埋在了女子的心里。

诗歌以清新易晓的语言，描写了女子因丈夫未归触发的一系列行为：东张西望，用力蹬踩织布机，出门散心，东陌徘徊，独自望月。通过这一系列行为，表面看女子的情感似乎得到了一定程度的缓解，但细究之下，尤其是末句独自望月的场景一出，读者才发现，女子的情感其实根本没有缓解，反而是陷入了更深刻的思念当中。

短短四句，表达的深刻情感令人叹服。

不卑不亢自怡悦

诏（zhào）问山中何所有赋诗以答

【南朝·齐、梁】陶弘景

山中 / 何所有，岭上 / 多 / 白云。

只可 / 自 / 怡悦，不堪 / 持赠君。

【解读】

作者陶弘景是一名隐士，此诗是他收到当朝皇帝的诏书问"山中何所有"而做的回答。

皇帝问"山中何所有"，显然并不是真心想打听山中有何物，其用意不外乎二：其一，皇帝认为世俗的名利富贵比起隐居，对人更有吸引力。没有人会真的不喜名利只喜隐居，所以这一问，是对陶弘景隐居行为的一种否定，甚至是嘲讽。其二，既然没有人真正喜欢隐居，那么选择隐居的人为的就是以退为进，追名逐利。若是如此，现在朕纡尊降贵请你出山，你应当就坡下驴、顺水推舟接受邀请。

皇帝显然是以己度人，陶弘景却也并不做过多辩解，他的回答很朴实也很写实：山中其他的东西倒也没有什么，只有那自由自在的白云，在青翠的峰峦间飘浮缭绕的景象实在是令人心旷神怡。言下之意，看起来确实没有世俗的华屋高轩、钟鸣鼎食、荣华富贵，甚至在一般人看来，在山中离群索居，颇为不便呢。

　　可是，即便如此，又有什么关系呢？白云和山中隐居之人堪称灵魂伴侣，是互相欣赏、耐人寻味的。但这种妙处必须久居其间才能体会领悟，可与知者道，难与俗人说。比如在贪恋功名利禄的人看来，这妙处便一文不值。所以我自己如此喜欢珍惜的白云，还是留着慢慢欣赏就好了，就不把它拿来赠给不懂得欣赏它的人了。这两句，诗人进一步的解说看似婉转，但实际却透着一股刚硬：我只喜欢自己如白云一般自由自在的山中岁月，并不羡慕你的权力地位、金钱财富。

　　读此诗，会想起惠子相梁的故事中，庄子所云：今子欲以子之梁国而吓我邪？确实，人与人之间，兴趣爱好不同，互相尊重就好，所谓汝之蜜糖，吾之砒霜，也是很正常的现象。三观不一致，也不是一件罕见的事，但可怕的是，三观本不相同，却硬要使人同己，就实在是太过分了。所以人生在世，知音难得！正像鲁迅先生说的：人生得一知己足矣，斯世当以同怀视之。

家国万里思断肠

寄王琳

【南朝·北周】庾（yú）信

玉关 / 道路 / 远，金陵 / 信使 / 疏。

独下 / 千行 / 泪，开君 / 万里 / 书。

【解读】

　　玉关，古代长安去西北边境的一道关卡，即玉门关；金陵，即南京，是三国吴、东晋及南朝宋、齐、梁、陈各朝首都。庾信本是南朝梁朝人，是梁宫体诗的代表人物，后来出使西魏，被羡慕南朝文采风流的西魏朝廷扣留，北周代西魏后，又被北周朝廷扣留。虽然一直在异国官居显要，但他的故国之思却始终没有放下过，只是后来无论他如何思念故国，都无法回去了，因为梁已经为陈所灭不复存在了。诗题中的王琳，是庾信的好朋友，被称作梁朝第一忠臣，陈霸先篡梁之后，王琳一心想要为梁朝雪耻。

首句中的玉关并非实指，而是指代流落北周的庾信离熟悉的金陵实在是太远了，远到已经收不到来自金陵的任何消息了。这里是委婉的说法，其实，并非因为距离的遥远才导致收不到金陵的消息，也并非因为没有信使，而是因为梁朝已灭，金陵来信成痴心妄想。这种心情，真是无比失落几近绝望啊！"远"是空间距离，"疏"是心理感受；二者结合，空间的距离和心理的失落相呼应，读来令人心动神摇。更何况，国家的灭亡泯灭了空间的距离，使得心里再无着落，也更加令人痛彻心扉。

　　正因如此，今天忽然收到老朋友的来信，诗人才会格外慨叹。正常来说，收到书信看完其中内容，才有相应的情绪。可是，诗人不是"开"信后流"泪"，而是看到信封，就已经泪如雨下了，其内心伤痛之深可见一斑。此时，信里面写了些什么，已经不重要了。重要的是这是国破许久以来，自己收到的与故国有关的唯一的一封书信了。

　　这封信对于流落异乡的庾信的意义，当然是一种安慰，可更多的却是一种愈加遥不可及的念想。虽然朋友的挂念让他感动，朋友带来的消息让他欣慰，但由于家乡远在万里之外，无法返回，故国也已然破灭，无可返回。所以，纵然庾信在异国身居高位，荣耀万丈，又有何意趣。或许夜深人静辗转难眠之时，诗人内心的痛才会更加深切，更加清晰，更加难以忍受吧。真真是痛定思痛，痛何如哉！

策马飞奔决雌雄

折杨柳歌辞

北朝民歌

健儿 / 须 / 快马，快马 / 须 / 健儿。

骅（bì）跋（bá）/ 黄尘 / 下，然后 / 别 / 雄雌。

【解读】

这是一首北朝民歌，见于《乐府诗集·横吹曲辞》。从诗意看，这是一个热烈的赛马场面。

前两句，是诗人观看了一场赛马后产生的真切感受。其中的"健儿"，是指参与这场赛马的选手，指的是一群人，而非一个人，因其个个身手矫健，故称；同样的，"快马"，指参与这场比赛的马匹，也非一匹马，而是许多马，因为比赛意在竞速，故称。两个"须"字，表明诗人的态度，赛马中，马很重要，骑马的人也很重要，二者必须配合无间，人马合一，才能取得最后的胜利。这两句中，用字完全相同，只是将"健儿"

和"快马"调换了位置，这样的写法，一方面表现出民歌的质朴特色，另一方面则很好地说明了二者之间的密切关系，十分贴切。

后两句，写场上众多健硕英武的赛马好手，驱策奔腾的骏马，争先恐后，疾驰而过，跸跸跋跋声中，场上扬起了厚厚的尘土，几乎遮住了人们的眼睛。"跸跋"二字，模拟的是声声马蹄，为这首原本只有赛马场面的诗歌，配上了环绕立体声，立马产生了强烈的现场感，读者仿佛身临其境，成为这场赛马的观众，见证了这场激烈的比赛。

这首诗所写的，很可能是北朝人民的日常。北朝时期，是我国历史上重要的民族大融合时期，胡汉杂居，互相影响，有着强烈的尚武精神。与南朝民歌绝大多数写男女之情相比，北朝民歌的题材内容更广泛，情调更为质朴刚健，这首诗正是如此。

尸横遍野究可哀

企喻歌四首·其四

北朝民歌

男儿 / 可怜虫，出门 / 怀 / 死忧。

尸丧 / 狭谷 / 中，白骨 / 无人 / 收。

【解读】

现存北朝民歌多见于《乐府诗集·横吹曲辞》。《企喻歌》共有四首，前三首或着眼于北方民族的英雄气概，或大笔书写当时的尚武精神，第四首却笔锋一转，写战争造成的残酷后果。

"国之大事，在祀与戎"，从古以来，战争就是国之大事。而战争所需的战士，古时候都是男儿。诗中的"男儿"，即是指有可能被征去当兵的普通人家的男子。这并非特指某一个男子，而是指当时所有的适龄男子。他们如何呢？诗人给他们下了一个断语：他们都是"可怜虫"。所谓可怜虫，指的是那些遭遇了困境无力摆脱的人。

那这些适龄男子为什么是可怜虫呢？因为他们"出门怀死忧"。即他们的生命不属于自己，属于那个动荡的年代里连绵不断的战争。因此，他们每每出门，都不知道自己能否再活着回来，朝不保夕的担忧，时常在心中。

如果说前两句描写的只是一种担忧的话，后两句，用残酷的事实验证了这种担忧：你看那峡谷之中，尽是已经毙命的男儿。有许多已经化为累累白骨，却没有人为他们收殓尸体。

无论何时，提到战争，都不是一件轻松的事情。因为它会造成人的大量死亡、国家发展的巨大倒退等灾难性后果。但是翻开历史书，历朝历代，战争从未断过。作为如诗中所描写的这些普通人家的儿郎，在失去生命的芸芸众生中，不过寥寥，可他们毕竟曾经那么鲜活，也是被人疼爱的，也是一家之顶梁柱，可一旦战争来临，便立刻被裹挟，无法逃脱。从这个意义上，这首诗歌非常具有普适性。

在我国文学史上，战争题材佳作频出，但深藏其后的，不得不说是国破家亡、妻离子散、荒无人烟，是"杼轴穷竭于里闾"的深哀剧痛，其反战思想也是生生不息、代代相传的。而这，正是中华民族爱好和平的精神内核。

人家望月几回圆

子夜四时歌·秋歌

南朝民歌

秋风 / 入 / 窗里，罗帐 / 起 / 飘扬。

仰头 / 看 / 明月，寄情 / 千里 / 光。

【解读】

现存南朝民歌见于《乐府诗集·清商曲辞》。与北朝民歌相比，南朝民歌的情调更温柔婉约一些，这与其题材内容多是男女之情有密切的关系。这一首也不例外，写秋日夜晚思妇怀人之情。

首句"秋风入窗里"，明白易晓如家常话，但它既点明时节为秋季，又逗起"悲哉秋之为气"的意绪，情怀更是随着秋风入窗变得萧瑟。一句便奠定了整首诗的情感基调。

次句"罗帐起飘扬"顺承首句而来，在秋风的吹拂下，屋里的罗帐飘飘扬扬，无法安定下来。这就如同此时思妇难以安定的内心一般。罗帐这一意象，在诗中有着特殊的含义：丈夫在身边，代表着夫妻二人的幸福甜蜜；丈夫不在身边，代表的显然是苦涩的思念。不然，何至于如此夜晚，辗转难眠，只有冷冷清清、凄凄惨惨戚戚呢！

清冷的秋夜里，秋风萧瑟，罗帐飘扬，难以入眠的思妇抬头看向窗外的天空，一轮明月高挂在深蓝的夜空里。此即"仰头看明月"。明月意象一出，对于独守空房的思妇，便是一种折磨。因为明月意味着团圆，对于团圆的人，看到月亮是幸福；但对于没有团圆的人，看代表团圆的月亮，就变成了折磨。

可是能怎么办呢？天各一方就是现状啊！也许是因为太过思念吧，抬头看到月亮的瞬间，思妇突发痴想：这一轮月亮，他应该也看得到吧！那我为什么不把我的思念托给月亮？让月亮把我的思念捎给同在月亮下的他。此即"寄情千里光"。如此痴想，细想之下，只有心酸，但却是思妇能够想到的唯一的办法了。

月亮意象在后来的诗歌中，被广泛应用，有很多也受到了这一首诗歌的影响。最著名的当然是李白的"举头望明月"。此外，张若虚的"此时相望不相闻，愿逐月华流照君"，与此诗后两句，异曲同工。至于苏轼的"但愿人长久，千里共婵娟"，进一步挖掘了天各一方月共一轮的丰富意蕴，若是相互思念的人分隔两地无法相见，那就各自好好保重，以期再度重逢，共享美好时光。与此诗比起来，便有一消极无奈强自宽慰，一积极乐观着眼未来的区别。

轻怒薄嗔只为君

子夜四时歌·冬歌

南朝民歌

昔别 / 春草 / 绿，今还 / 墀（chí）雪 / 盈。

谁知 / 相思 / 苦，玄鬓 / 白发 / 生。

【解读】

南朝民歌中的《子夜四时歌》是一组诗，共有七十五首，分春歌、夏歌、秋歌、冬歌四个部分，是女子借助具有季节特色的景物，抒发的内心情感。这一首也是如此。王夫之在《姜斋诗话》中有云："以乐景写哀，以哀景写乐，一倍增其哀乐。"用以诠释这首诗恰如其分。

开篇写昔日的分别。以一"绿"字写春草这种最具春日特色的景物。春草的无处不在，便代表了春日的无处不在。处处青翠欲滴，举目四望，心旷神怡。但春日的烂漫，何止于此。阳光、花朵、和风，甚至春雨，无不令人沉醉不已。如斯风光之中，女子却要送别自己的丈夫。她的内心，有多不舍，有多不愿，不难想象。她一定想与丈夫共赏这醉人的春光，不想让丈夫离开，但丈夫却不得不离开。此时春光越明媚，她的心情便越难过。此即乐景写哀，倍增其哀。

次句写今日的重逢。用一"盈"字写冬雪这种最具冬日特色的景物，表明雪下得很大，院子里台阶上到处都是雪白的一片。冬日本就冷清，下雪更添寒意。但是正在此刻，丈夫却回家了，女子内心的欢喜雀跃难以言表。此即哀景写乐，倍增其乐。

后两句，仿佛是夫妻二人团圆之后，妻子向丈夫的倾诉。这一倾诉，描述出春日离别后至冬日重逢前那一段独守空房的日子里，妻子的心路历程。那一定是很苦的：风景大好，我却无心欣赏，仿佛风光越好，对我而言越是折磨。甚至就连梁上的双燕，花丛翻飞的蝴蝶，似乎也在提醒我的孤单。白天难熬，便盼望天黑，只要睡着了，就不会这么烦恼了吧！好不容易熬到夜晚，却又睡不着觉。独守空房，可能连月亮都不敢抬头望。因为若是月圆人不圆，不免埋怨月亮不善解人意；若是月不圆人亦不圆，又好像月亮故意为难自己，更加难堪。日子一天天就这么过去了，对你的思念之情丝毫未减，怎么能不愁白了头呢？不信，你看看，我鬓角的头发，已经白了。这两句，在女子的絮絮叨叨中，夫妻重逢的喜悦溢于言表。

这首小诗，用了四个表示色彩的字眼：首句的绿，次句的雪（白），末句的玄、白。前两个具有鲜明的季节特色，后两句黑白对比，凸显时间之长、相思之苦，十分新颖。整首诗，在时间的大幅度跨越中，饱含了丰富的情感，构思也堪称巧妙。

佳节思归情难禁

人日思归

【隋】薛道衡

入春 / 才 / 七日，离家 / 已 / 二年。
人归 / 落雁 / 后，思发 / 在 / 花前。

【解读】

人日，即正月初七，传说女娲造人前，先造了鸡狗猪羊牛马，觉得少了点儿什么，就在第七天造了人，所以初七是人日，可以说是炎黄子孙共同的生日。

从大年初一算起，春天才过了七天啊。一个"才"字，显出时间流逝之慢，仿佛可见诗人扳着手指头数日子的样子，完全是度日如年的即视感啊！时间流逝得越慢，诗人盼归越迫切。

旧年入新春，这样算来，就算诗人是除夕夜离家，也已经离家两年了。一个"已"字，见出诗人自觉离家时间之漫长，同样突出的是诗人归心似箭的心情。

"才七日""已二年"，看似形成了鲜明的对比，但其实表达的都是度日如年、归心似箭的意思。"才七日"，以时间流逝得慢来说度日如年；"已二年"，以时间持续得长来反衬光阴似箭，真是极巧极妙。

　　每年农历正月，飞到南方过冬的大雁就要北归了。因此诗人感叹说：你看，连大雁都已经回北方的家了，我却还滞留在南方，真是人不如雁啊！我虽然比大雁回家回得晚，可是却有一样东西比春天的花开得还要早：那就是这一颗思乡的心啊！

　　后两句充分体现了诗人的巧思，他把自然界的雁与花托出，强行与自己对比：我虽然比大雁回家回得迟，但思乡的情感却比那花开得早多了。与前两句相似的是，这两句诗人表达的依然是同样的意思——思乡，却使用了不同的表达方式，第三句是人不如雁回家早，第四句是思乡之心要与花争胜，但实际上，这个胜了才更心酸。

　　一首思乡的诗，写得巧妙却深情，薛道衡也是功力深厚。

春意融融满月夜

春江花月夜·其一

【隋】杨广

暮江／平／不动，春花／满／正开。

流波／将月／去，潮水／带星／来。

【解读】

《春江花月夜》为南朝陈后主所创制的乐府旧题，其作隋时已不可见，其风味如何，不得而知。此题之下，最早的两首诗为隋炀帝所作，此为其中第一首，紧扣春、江、花、月、夜展开书写。

首句写夜、江两个要素，夜是这幅画面的底色，江是这幅画面的经线。在深蓝的夜色下，江水横穿而过，水波不兴，波平如镜。此景，与唐代张若虚同题诗中的"春江潮水连海平"异曲同工。

次句写春、花两个要素，春是这幅画面的质地，花是这幅画面的点缀。在温润的春天里，五彩缤纷的花，正在陆续盛开。一个"满"字，可以想象各色花朵无处不在争奇斗艳的场景。不得不说，与张若虚的"月照花林皆似霰"相比，差了一些细腻。毕竟，此时是夜晚，即使有皎洁的月亮，花的色彩也看不分明。

第三句主要写月，月是这幅画面的经线。诗人用一个"将"字，把江中水流与月亮糅合在一起，将倒映在水中的月亮随水流动着远去的动态写得栩栩如生。让人自然而然地想起张若虚的"滟滟随波千万里"，很显然，张诗与此有着千丝万缕的联系，或者脱胎于此也未可知。

第四句中写了星。星在这幅画面中和月一样，也是经线。诗人用一个"带"字，把江中潮水与星星糅合在一起，将遍洒江中的星光随潮水摇荡着涌来的景象写得活灵活现。张若虚的同题作品中，关注点集中在月上，没有星星的描写。此诗的关注点则不止于月，还有星，月朗星稀的天空，满江星辰伴月随水流淌，也有别样的趣致。

合而言之，在温润的春天的夜晚，月朗星稀，一条江平静地流淌着，江边满是盛开的各色鲜花，天上的月亮与星星倒映在江水里，随着水流波动摇荡，忽近忽远，共同绘成了一幅春江月照图。

此诗只有五言四句，体制短小，而张若虚那首著名的同题作品，将其扩展为七言三十六句，内涵和外延上都有拓宽和加深。即便如此，还是可以明显地看出两首作品之间的传承关系。虽然在文学史上张诗更有名声地位，但杨诗的价值也不容忽视。

春意融融满月夜 ——

国泰民安堪自许

入朝洛堤步月

【唐】上官仪

脉脉 / 广川 / 流，驱马 / 历 / 长洲。

鹊飞 / 山月 / 曙，蝉噪 / 野风 / 秋。

【解读】

上官仪是初唐高宗时期的重臣，同时是"上官体"的开创者。这首小诗，能体现出身居高位者的志得意满和洒脱自信。

诗题中有"入朝"，可见是晨起上朝路上，"洛堤"是指洛水岸边，可见诗人在东都洛阳。此时尚早，天未大亮，以"步月"出之，恰可见诗人闲庭信步悠闲自得之意。唐朝时规定，官员必须在天亮前在皇城外等候上朝，因为当时并未有供官员等待上朝的处所，所以东都洛阳皇城外，官员须隔着洛水等候天津桥开锁，才能入朝。此诗就是在这个时刻写的。

首句中的"广川"自然是指洛水，以"脉脉"写洛水，洛水就化为一位含情的美人，令人自然而然想到"洛神"。古人喜欢以男女喻君臣，联想到诗人的身份，可想而知，诗人每天上朝沿着洛水一路前行的时候，每每想到皇帝对自己的信任和重用，是多么满怀感激。

次句中的"长洲"即是诗题中的洛堤，诗人骑着高头大马，沿着洛堤气宇轩昂地准备上朝。字里行间是身处高位心忧天下的责任感。

第三句"鹊飞山月曙"，诗人写诗的当时，正是一个秋天的清晨，曙光熹微，月挂山头，鹊飞报喜，显露出天下太平的景象。而这景象正是在自己治理之下产生的，怎能不让诗人心生骄傲、豪气满怀呢？

但无论多么太平，也总是会有一些不和谐的因素，末句中，在瑟瑟秋风中噪郁不安不停鸣叫的蝉便是。这里所用的是比喻，所谓"蝉噪"，指的是在野的失意者的不平之鸣。这些许的不和谐因素，自然令诗人略微不安，稍有不悦，但从整首诗流露出的情感看，诗人对于这些不和谐因素，自然有他的应对之法，虽有不悦，却并不以为意。

总的说来，这首诗歌所呈现的，是初唐时期身居高位的宫廷文人的典型写照。他们春风得意、镇定洒脱、自矜自诩，同时心怀国事。

整首诗能从周遭的景物中精心选择，巧妙组合，用心筹划，达到了朗朗上口的效果，从侧面体现了"上官体"在形式方面的贡献。

冰心玉壶唱高洁

夜送赵纵

【唐】杨炯

赵氏 / 连城 / 璧，由来 / 天下 / 传。
送君 / 还 / 旧府，明月 / 满 / 前川。

【解读】

此诗整首化用了完璧归赵的典故，诗人之所以会想到这个典故，是因为朋友本是赵州人，而赵州正是典故发生地。

首句以价值连城的国宝和氏璧比喻赵纵，意在夸耀赵纵如同和氏璧一样，不仅外表出众，而且怀瑾握瑜、才华横溢。和氏璧与赵纵，同是出自赵州，绾合巧妙，天衣无缝。次句承接首句而来，借和氏璧的声名远播，比喻赵纵的名满天下。

第三句即扣了题中"送"字之意，也照应了首句的深邃寓意，还表达出了希望朋友此行一路顺风、平安到家的意思。赵纵为谁现在已不可考，但据诗意推测，此人一定是一个品行高洁、德高望重的人。此番归家的原因也无法推知，据常理推测，不外乎过于耿直不容于世，愤而辞官、归乡隐居之类。无论如何，既然是本人做出的选择，作为朋友，诗人一定是十分支持的。这一句看似平铺直叙，实际上，一方面使得前两句的比喻有了落脚点，另一方面也为最后一句的写景提供了依托。

最后一句，"明月"扣题中的"夜"，"川"点明送别的地点是一条河边，朋友是乘船离开的。一个"满"字既描绘了明月的清辉洒满大地的图景，也暗含了诗人及朋友内心满含的深情。可以想见，以"明月满前川"来写朋友选择的前路，虽然清冷孤寂，但算得上洒脱自在；朋友的船离开之后，诗人伫立岸边，望着朋友离去的方向，既依依不舍，又难掩羡慕，隐隐透露出诗人对于官场的厌恶。

此诗化用典故，巧妙自然不留痕迹，语言流畅易懂，融情入景，意境深邃，饶有情味。

感时花叶带悲声

曲池荷

【唐】卢照邻

浮香 / 绕 / 曲岸，圆影 / 覆 / 华池。

常恐 / 秋风 / 早，飘零 / 君 / 不知。

【解读】

卢照邻为"初唐四杰"之一，他身体羸弱多病，自言"羸卧不起，行已十年"，病痛的折磨常常令他痛不欲生，诗中便时常有浓浓的绝望意味。卢照邻并不以小诗闻名，但这首小诗由眼前的荷花写起，亦能见出浓浓的悲哀绝望。

寻常人写荷花，往往观其形望其色，此诗则较为特别，从花香入手。所谓"浮香绕曲岸"，是说顺着池塘漫步的诗人，忽然闻到一股幽香，仿佛正沿着弯曲的池塘堤岸，来寻找诗人一般。如此开篇，可见诗人本无心赏荷，只是绕池塘徐步散心，而花香沁人，诗人才不由得被其吸引。

循香抬眼的诗人定睛一看，看到了一整个开满粉嫩荷花的美丽池塘，且被碧绿的圆圆的荷叶覆盖着。此即"圆影覆华池"。

如此景象，诗人内心一定是欣喜的，或许脸上也浮现了笑意。但这份欣喜，却并未持久，长期的病痛折磨已使诗人习惯悲伤。因此就算眼前光景如此明媚鲜妍，他的心依然渐渐沉了下去，起了"常恐秋风早，飘零君不知"的遐思。也就是说，美好如斯，又有什么用呢？只要秋风一起，这花便要凋零，这叶也不免枯萎。这不正如自己，满腹才华又有什么用呢？谁知道明天和意外哪一个先来呢？

如此悲观，着实令人唏嘘。此诗，从花叶之盛开联想其凋零，从而引发诗人对自己怀才不遇、年华零落之感，正是天人合一思想的典型体现，值得深思。

悲歌当哭怀激烈

于易水送人

【唐】骆宾王

此地 / 别 / 燕丹，壮士 / 发 / 冲冠。

昔时 / 人 / 已没，今日 / 水 / 犹寒。

【解读】

在"初唐四杰"中，骆宾王是极为耿直的。在朝中任侍御史期间，因多次上书讽谏，触怒武后，被诬下狱。出狱后，欲转投边疆幕府，报效国家，此诗当写于此时。

诗题所示，这是一首送别诗；"易水"关合的历史事件及诗歌内容所示，这又是一首咏史诗。也就是说，诗人易水别友之际，想起当年"风萧萧兮易水寒，壮士一去兮不复还"的荆轲，不由得感慨万千，借古代英雄，抒仰慕之情，寄现实感慨，吐心中苦闷。

"此地别燕丹，壮士发冲冠。"就是在此地，当年荆轲毅然决然地辞别了燕太子丹，伴随着好友高渐离苍凉悲壮的击筑声，他毫不犹豫，慷慨赴义。短短两句，诗人思接千载，当年易水送别的场景如在眼前。荆轲社会地位低下，之所以千百年来一直为人景仰，就是因为他的舍生取义，不畏强暴。即便千载以下，想来依然热血沸腾。正如此时此刻的骆宾王，虽沉沦下僚，屡遭打击，却仍旧心怀家国，渴望为国效力。

　　此时此刻在易水旁，千年前荆轲的影子和诗人的形象奇妙地重合了。他不由自主地慨叹："昔时人已没，今日水犹寒。"这两句，和陶渊明的"其人虽已殁，千载有余情"异曲同工。千年前的荆轲，去往秦国之后，借进献地图之机，藏匕首以刺杀秦王，终因种种原因未能成功，惨遭杀害。其功败垂成，令后人唏嘘感慨，扼腕叹息。所谓"今日水犹寒"，既是对现实中易水之寒的描写，又是荆轲离开之后众人心境的写照，更是此时诗人内心孤独凄凉的外化。他满怀报国之情，却无报国之门，生不逢时、愤懑不平之感，似眼前的易水滔滔滚滚，难以穷尽。那种无尽的孤独感，难以尽诉，只好诉诸无尽的易水，以求得后人理解。

　　此诗虽然短小，却能以悲壮的感情，冲淡初唐诗坛浮靡纤弱、绮错婉媚的风气，实在有大气魄。

怀瑾握瑜声自高

蝉

【唐】虞（yú）世南

垂缕（ruí）/ 饮 / 清露，流响 / 出 / 疏桐。

居高 / 声 / 自远，非是 / 藉（jiè）/ 秋风。

【解读】

虞世南，唐初位列"凌烟阁二十四功臣之一"，被唐太宗推为"忠谠、友悌、博文、词藻、书翰"五绝，深受敬重。这首小诗写得颇有意趣。

前两句，写蝉身居高处餐风饮露的高洁生活习惯。那占据高高梧桐树梢的蝉儿啊，每天低头啜饮洁净清纯的露水，它高亢嘹亮的嗓音唱出的悠扬的曲子从稀疏的树叶间流出，传播到很远的地方。从状物的角度讲，这两句写得颇为形象。但是诗人写蝉，并非仅仅只是为了歌颂蝉的高洁，而是以蝉的高洁比喻自己的高洁。如前所言，虞世南在唐初的地位颇高，所谓枪打出头鸟，自然就有一些流言蜚语针对他而来，所以诗人希望以此诗来表明自己的立场。自己身居高位，但是质性高洁，绝不是会随波逐流与小人同流合污之人。

有此前提，再看后两句，就不难理解了。"居高声自远，非是藉秋风。"表面写蝉的声音之所以能传那么远，是因为身居极高的地方，而不是因为有秋风的帮助。同样地，我虞世南能有这么高的地位，完全是因为我有出众的才华，而不是凭借皇帝对我的宠爱。有论者曰，此两句应解为蝉儿的声音能够传得那么远，应该是因为身居高位的缘故吧！也就是带有推测的口吻。我却以为，如此便与前两句脱节了，诗人此处要表达的是对自己才华的自信，所以语气十分肯定。

可见，一个成功的人，必须是个自信的人。正因为虞世南有着对自己才华的自信，所以深得唐太宗敬重，在唐初身居要职。即使有人毁谤，他也不会怀疑自己的才华。这种自信，是需要有足够的内在素质做底气的。如果没有这种基本的素质，而空谈自信，则显得盲目甚至自负。因而，锻炼足够的内在素质，拥有适度的自信心，再加上不懈的坚持，每个人都可能成为成功者。

诗名千载因君坠

渡汉江

【唐】宋之问

岭外 / 音书 / 断，经冬 / 复 / 历春。

近乡 / 情 / 更怯（qiè），不敢 / 问 / 来人。

【解读】

初唐诗人宋之问在文学史上与同时代诗人沈佺期齐名，号称"沈宋"，他们"回忌声病，约句准篇"，为律诗的定型做出了贡献。宋之问文名早著，著名的夺锦袍的故事就发生在他身上。但其个性人品却颇受诟病，媚附武后男宠张易之兄弟姑且不说，因爱其甥刘希夷好句"年年岁岁花相似，岁岁年年人不同"，求之不得而妒杀之也令人发指。后因事被贬为泷州参军，但不能恪守一方官吏职责，忍受不了贬所的恶劣环境而逃归就更让人心生鄙夷。抛开这些不谈，其诗确实不错，尤其是这首逃归渡汉江时所写的小诗，更是广为流传。

"岭外"二字一出，无须多言，贬谪地的恶劣自然条件已显而易见了。所谓蛮荒之地，瘴疠之邦，令生长在中原地区的宋之问望而生畏，身临其境更是苦不堪言。"音书断"三字，写出了诗人精神上所遭受的折磨：已经好久都没有收到亲朋好友的消息了。如果说，恶劣环境下，身体遭受的痛苦还是其次的话，那么，这种精神上的折磨让他忍无可忍。更何况，身体和精神上的双重折磨并非短时间内的暂时行为，而是"经冬复历春"，诗人如何地度日如年，大概也可以想象得到了。

唐朝地方官一任约为三年，除去到达和离开时耗费在路上的时间，实际上在任的时间也就两年左右。宋之问到达贬所，只过了一个冬天一个春天，大约也就是半年的时间，就完全待不下去了。所以，软弱的怕吃苦的不负责任的宋之问下决心逃跑。逃归的路上经历了怎样的挫折，诗人并没有详细陈述，只是将自己的心境以"近乡情更怯，不敢问来人"加以表达，就达到了言简义丰的效果。诗人离家乡越近，心里越紧张越害怕。这种紧张中，带着恐惧，因为其"逃"的行为；更带着急切，因为其行为所带来的后果无论如何不会是好的，所以希望知道家里人是否因自己的不当行为遭到了不幸。但即使心情如此紧张害怕，他也不敢张口向老乡询问家里的情况。此情表达至此，形象得很！诗人的心情，郁闷得很！

在这首诗中，诗人完全隐去了自己的身份地位，隐去了前因后果、来龙去脉，只是将自己的感情客观地表达出来。由于没有客观情境的限制，这首诗中表现出的情感便具有了普遍性："近乡情更怯"，虽此"怯"非彼"切"，但是二者却是包含关系，也就是说，"怯"字中包含着"切"的意思。时至今日，远离家乡多时，终于得返的游子们回家的心情，"近乡情更切"

一句，就足以写尽了。

古有知人论世之论，其实这也是作为后学读诗时应该持有的态度：读其诗，知其人，反过来帮助理解诗歌本身。虽也有文如其人之说，但是相较之下，显然还是知人论世更可靠些。就如宋之问这首诗，在知人论世的前提下，可以理解得更全面。

好奇天真满童趣

风

【唐】李峤（qiáo）

解落 / 三秋 / 叶，能开 / 二月 / 花。
过江 / 千尺 / 浪，入竹 / 万竿 / 斜。

【解读】

李峤是初唐诗人，和宋之问同时代。这个时期，律诗和绝句还未完全成熟，呈现出较为青涩稚嫩的特点。这首《风》便是如此，画面感很强，但无论内容还是形式都透着青涩稚嫩。

第一句的"解"字，将秋风拟人化：对于秋天即将离开枝头的树叶，风给予了最轻柔的抚摸。仿佛可以看见一个人，小心翼翼地托着那些黄叶，将它们一片片送到地面。其实，因为秋风的冷酷，人们常常会用"秋风扫落叶"来凸显它的霸道，这一句却反而言之，颇为新颖。

第二句，春天到了，风里都是清新的气息，当春风拂过时，沉睡了一冬的花儿仿佛听到了声声呼唤，应声而开，开得五彩缤纷，开得热闹、热烈且热情。

如果说，秋风送走的是最后一丝生命的气息，那么春风迎来的则是全部的生机和希望。

第三句，当狂风吹过大江，其威势足以掀起千尺高的巨浪；第四句，当大风扫过竹林，其蛮力足以压弯万竿竹的躯干。前两句展示的是风温柔温暖的一面，后两句展示的便是风蛮横狂暴的一面。

风是无形的，看不见摸不着，诗里也并无一个"风"字，但此诗所说的风，如在眼前，且无所不在，称为诗谜也无不可。

离家万里思无极

山 中

【唐】王勃

长江 / 悲 / 已滞（zhì），万里 / 念 / 将归。

况属 / 高风 / 晚，山山 / 黄叶 / 飞。

【解读】

王勃是"初唐四杰"之一。"初唐四杰"在诗歌史上的贡献，一在于拓宽了题材，二在于对诗歌重抒情求壮大的要求。此诗虽小，却体现了这两个特点。

从诗中所写来看，应该是山中所见所感，题材已经突破了宫廷的限制；诗歌抒发的是思乡之情，写得非常大气。

因为悲伤，眼前长江的水似乎都已经停滞不流动了。此句，可以将长江水形象化地理解为郁结在诗人心中的那浓浓的感情。这个写法的独特之处，在于王勃笔下的江水是停滞不流动的；而李煜笔下的一江春水是滚滚向东流的。二者虽然表达有异，但确实都很形象。

诗人为什么悲伤呢？因为家在万里之外，什么时候能回去完全不知道。似乎很快就可以回去了，但又似乎总是遥遥无期。最让人无奈的往往就是这种不确定性，若是有一个限期，还有一个确定的盼头，这种不确定就只能徒叹奈何了。

更何况，一到秋天，凉凉的秋风吹起，山上的黄叶纷纷飘落，真是让人无限悲凉，想家的情感就更强烈了。中国古代从宋玉的"悲哉，秋之为气也"开始，就有了悲秋的传统。因此，当诗人眼见树上黄叶纷纷落下时，时光流逝的无奈和黄叶飘飞的秋景带来的悲伤，相互交织，内心对于温暖的家乡的思念达到了最高潮。诗于此戛然而止，颇有"言有尽而意无穷"的韵致。

视通千里更有容

登鹳（guàn）雀楼

【唐】王之涣

白日 / 依山尽，黄河 / 入海流。

欲穷 / 千里目，更上 / 一层楼。

【解读】

鹳雀楼在今山西永济，是黄河岸边的一座观景楼。黄河位置比较低，鹳雀楼又是岸边的制高点，所以登上鹳雀楼，视野非常广阔。

诗人登上鹳雀楼极目远眺，看到了辽阔无边的风景：西边极西，是缓缓落山的太阳；目光徐徐往东，身前180度的景观尽收眼底，无比宽广，一直到东边极东，那里，是黄河入海的地方。诗人仅仅用了十个字，就写尽了目之所及的景观，表现力堪称强大到了极致。

前两句是实写，是诗人真正看到的；后两句则是虚写，是诗人想到的：我已经看尽了眼前的风景，如果我还想看到更远处的风景，那就必须登得再高一些，再上一层楼或者更多层楼。因为你的位置决定你的视野，而你的视野决定你的胸怀。这个感悟，极大地提升了此诗的思想境界，让这首诗流传千载，家喻户晓。

所谓海纳百川，有容乃大。一个人只有具有足够大的度量，才能够装得下许多人、许多事，也才有可能获得成功。所谓心有多大，舞台就有多大，说的也正是视野和胸怀的关系。

春日迟迟恰好眠

春 晓

【唐】孟浩然

春眠 / 不觉 / 晓，处处 / 闻 / 啼鸟。

夜来 / 风雨 / 声，花落 / 知 / 多少。

【解读】

这也是一首家喻户晓、耳熟能详的诗。

春晓，是春天的早上。

首句言"不觉"，可见诗人前一晚心情不错睡了个好觉，一觉睡到了自然醒；而一个人若是觉得长夜漫漫，往往是因为心情烦躁睡不着觉。

半梦半醒的诗人睁开双眼，蒙蒙眬眬、迷迷糊糊，他大概还伸了个懒腰，但依旧赖在床上不愿意起身。忽然听到从窗外传来的叽叽喳喳、啁啁啾啾的鸟儿鸣叫的声音，好生惬意啊！此即"处处闻啼鸟"。

　　就在诗人躺在床上享受这难得的舒适的晨起时光时，他忽然记起昨晚似乎有风声雨声，于是自然而然想到了院子里的花。怜惜之情油然而生：昨夜的风雨之中，应该有不少娇嫩的花儿都凋落了吧！念及此，本来满怀惬意的诗人心里涌起了淡淡的愁思。

　　诗歌于此戛然而止，但诗人怜花惜花之意却感动了后来的人。比如宋代女词人李清照的《如梦令·昨夜雨疏风骤》，从意境方面来看，与此诗一脉相承。尤其是诗中"知否，知否？应是绿肥红瘦"，更是与本诗的"花落知多少"异曲同工。

客行千里愁日新

宿建德江

【唐】孟浩然

移舟 / 泊 / 烟渚（zhǔ），日暮 / 客愁 / 新。
野旷 / 天低树，江清 / 月近人。

【解读】

孟浩然在文学史上与王维齐名，是山水田园诗派的主要代表人物之一。他有经世济民之志，但却生不逢时，没有合适的机遇实现理想。写作此诗时，孟浩然仕途失意，在外游玩散心，这天傍晚所乘之船停泊在了建德江，于是诗人想起了自己的家乡。

在船上待了一天，傍晚时分，我乘的船慢慢停靠在了建德江里的一片沙洲旁，周围清清冷冷雾气蒙蒙。第一句似乎是纯叙事，但是"烟"字一出，雾气蒙蒙的环境就已然把人带入了一种烟雾朦胧、乡愁淡淡的情境之中了。

　　傍晚归家的时刻，我却还在外面漂泊；加上江面上缭绕的雾气，更让人生出了新的思乡的愁绪。"客"这一身份的自证，点醒诗人依然在漂泊中；"新"字，是说心里本来就有淡淡的愁绪，此时此刻，又叠加新的愁绪，愁绪变得又多又浓。

　　当我的目光投向远方的时候，我仿佛看到近处的树比远处的天还要高，我那思乡的愁绪充满了空旷辽阔的天地之间。天低树高，是一种视觉上的错觉，正因为原野平旷，才会有此错觉。这种错觉使得充斥在天地之间的愁绪似乎被压实了，所以愁绪更加浓重并且沉重了。

　　太浓太重的愁绪让我难以承受，所以我把目光收了回来，看到倒映在江里的月亮。因为江水清澈见底，月亮仿佛离我很近很近。似乎月亮变成了善解人意的人，专程来陪伴羁旅愁苦的我；可即便如此，家人不在身边，我还是很想家。因江清，故月近。月近是拟人化的写法，将月比拟成人，知道诗人孤独，特意前来陪伴，但愈是如此，愈能反衬出诗人的孤寂。

　　孟浩然写诗，总是淡淡的；但是淡淡的叙述，往往给人带来越品越浓的心绪。

才了别事又思逢

山中送别

【唐】王维

山中 / 相送 / 罢，日暮 / 掩 / 柴扉。
春草 / 明年 / 绿，王孙 / 归 / 不归？

【解读】

这是一首送别友人的诗。

首句中的"罢"字，说明诗人刚刚在山里的某个地方送朋友离开，朋友已经走了，此事已经完成。古代饯别友人，一般都会设宴。为了准备一场宴席，须付出极大的精力，其中蕴含的是依依不舍的深情。因而，首句言外之意是饱含深情为朋友准备饯别宴席，二人饮酒话别、推杯换盏，最后，朋友转身离开，踏上前路。

大概送别之后，诗人到处闲游，直到傍晚时分，诗人才回到家里，掩上简陋的柴门。这一个掩门的动作，可以看出诗人即使已经在外流连了一天,对朋友仍是充满眷恋。仿佛此门一掩,对朋友的情谊就被关在了门外,而门里留给自己的,只有落寞。诗人的心情瞬间从白天与朋友话别的浓浓不舍,变成了此时此刻的深深孤寂。要是朋友可以一直陪在身边的话,那该多好啊!

于是三、四句的出现就水到渠成了:哎,刚刚送走他,我就开始盼着他回来了;从现在算起,等到明年春天小草复苏的时候,他能不能回来呢?这两句显然用了《楚辞》中《招隐士》的典故:"王孙兮归来,山中兮不可久留。"原意为不要隐居,要出来做官,为国效力。而王维反其意而用之:王维后半生过着半官半隐的生活,对于山中的人与事非常喜欢,所以对追求功名的朋友常常有此一劝,希望他们能早点回到山中,过一种闲适自在的生活。春草是一种极有生命力的植物,冬天似乎枯萎而死,但实际上,只要其根尚在,它就可以在来年春天的时候焕发勃勃的生命力。一冬天的蛰伏,不妨理解成它在暗暗蓄力。在诗里,就是对于朋友的思念一直在心里,只待一个时机就会野蛮生长,不可遏抑。

故,此诗虽小,其情却满。

万里孤光只自照

竹里馆

【唐】王维

独坐 / 幽篁（huáng）/ 里，弹琴 / 复 / 长啸。

深林 / 人 / 不知，明月 / 来 / 相照。

【解读】

　　王维其人，有"诗佛"之称。中年丧妻之后，独自居住在终南山中的辋川别墅，只与少数知心好友往来。辋川别墅的风景于他而言，很大程度上有疗愈的作用，竹里馆便是其中一处。

　　顾名思义，竹里馆，应该就是坐落于茂密幽深的竹林里的一间馆舍。没有友人在身旁时，王维会独自一人坐在馆里。这一天，他又坐在这里，不知想到了什么，他弹响鸣琴，弹着弹着，心有所感，于是开始长啸。此即"独坐幽篁里，弹琴复长啸"。

　　竹林地处偏僻，无人知晓，诗人的琴声和长啸声传出，只有月亮听到了。那一轮明月有情，仿佛洞悉了他的内心，悄悄前来照拂，和他做伴。此即"深林人不知，明月来相照"。

这一首诗，简单而富有象征意义：竹是有节的植物，竹林的意象让人想起魏晋时期的竹林七贤，是对有节高尚之士的追慕。琴是高洁的乐器，伯牙子期的遇合即是因琴，因而琴同时也有渴求知音之意。长啸是当时流行的抒发情感的方式，古人或郁闷或开心，总会选择长啸以表情达意。

看来此时王维内心感觉到了孤独，身边没有朋友知音，即使如此，他还是有自己的坚持。所以才会有选择去竹林静坐、弹琴、长啸。寂静的竹林里，一人、一琴、一月，与李白"举杯邀明月，对影成三人"的一人、一月、一影颇有异曲同工之妙。

寂静幽暗唱鹿柴

鹿　柴（zhài）

【唐】王维

空山 / 不见 / 人，但闻 / 人语 / 响。

返景（yǐng）/ 入 / 深林，复照 / 青苔 / 上。

【解读】

　　鹿柴也是辋川别墅中的一个地方。这个地方，王维非常熟悉，对于它的特点，也了然于心。

　　"空山不见人"，山里一个人都看不到，仿佛整座山都是空的，这种空带来的听觉效果就是完全的寂静。

　　"但闻人语响"，忽然听到有人说话，声音转瞬即逝，重归寂静后的寂静比起之前更加寂静。山中因空而静，已是极静。但瞬间人语后的静，居然更静。这种翻出一层的反衬的写法，与《鸟鸣涧》之"时鸣春涧中"异曲同工。

　　"返景"，是夕阳落山以后，晚霞反射的太阳光。可想而知，这个光线是极弱的。但是就是这一束极微弱的光线，居然把深林里的青苔照亮了。由此，深林和林中青苔之幽暗、漆黑不难想见。与前两句写法相似，这两句同样翻出一层，用极弱的光线在幽暗漆黑中的闪亮，反衬深林和林中青苔积年累月暗无天日的境况。

　　比起直言寂静无声、漆黑如墨，这种表达堪称奇绝。读之，忽然替林下青苔体会到一丝欣喜，久违、短暂。后两句描写极其细腻，足见诗人的超凡观察力和敏锐的感受力。这寂静而幽暗的境界，到底象征的是什么呢？值得探讨。

孤芳自赏度年月

辛夷坞（wù）

【唐】王维

木末 / 芙蓉花，山中 / 发 / 红萼（è）。

涧户 / 寂 / 无人，纷纷 / 开且落。

【解读】

辛夷坞，依然是王维酷爱的辋川别墅中的一处景致。顾名思义，就是栽满辛夷树的一处水边凸地。

既然栽满辛夷树，那么花开时节，自然而然会开满辛夷花。因辛夷花状如莲花，因此它高高开在枝头的样子即是"木末芙蓉花"。"山中发红萼"，辛夷花鲜艳惹眼、硕大娇艳的红色花朵，是那么热情似火，那么张扬，却又那么美好。这是一种热烈外放的美。

花开时节，辛夷坞美得如此奔放，奈何它地处偏僻的山涧。这山涧，日常是寂静而寥落，一个人都没有。无论辛夷花盛开时何等美丽，也只能随着时间的流逝慢慢凋零，花朵从树上纷纷飘落，完成一次凄美寂寞的生命之旅。

写这首诗时，王维内心一定有许多感触，与其他作品不同，这一首诗显得入世而又疏离。辛夷花盛放时张扬热烈，凋落时凄凉孤寂，饱含着一种强烈的怀才不遇的愤愤不平，倒是颇令人意外。其实，如同辛夷花，人的一生，何尝不是盛放有之，凋落有之。盛放的时候尽情盛放，凋落的时候淡然处之，也不啻一种洒脱的人生态度。

万千相思寄红豆

相　思

【唐】王维

红豆 / 生 / 南国，春来 / 发 / 几枝。

愿君 / 多 / 采撷（xié），此物 / 最 / 相思。

【解读】

在所有相思主题的作品中，这一首诗的知名度应该是最高的。不仅是因为它的题目叫作《相思》，还因为这首诗中红豆这个意象所具有的明确的象征意义。换句话说，此诗把相思和红豆这二者之间明确地画上了一个等号。但此诗写相思，却用了很含蓄别致的手法。

诗人在北方，而红豆生长在南国。可以想见，诗人对于红豆这种植物，必然是充满向往的：春天到了，遥想南国的红豆应该也开始发芽生长了吧！话说得含蓄，但诗人的意思其实是，此时此刻不知道我那南方的朋友怎么样了呢？我的心里悄悄萌发的这份思念之情，不就好比红豆正在这个季节里疯狂生长的状态吗？

　　直接说想念，不是王维的风格，于是他换了一个角度：朋友啊！红豆是你家乡的特产，你有空一定要去多多采摘一些啊！听说这个东西是最能表达相思之情的。言下之意是，朋友啊！你莫不是根木头吧！我话都说到这儿了，你还不送我一些红豆吗？其实送红豆仍然是次要的，更重要的是，你看，在这样的季节里我很想念你，不知道你有没有想念我呢？

　　比起单纯理解为爱情，我希望把相思之情理解得更宽泛些。不止爱人之间，朋友之间也是具有如此真挚美好的情愫的，所谓人生得一知己足矣，斯是当以同怀视之，与生死不渝的爱情差可相提并论。

一树寒梅惹乡思

杂诗三首·其二

【唐】王维

君自 / 故乡 / 来，应知 / 故乡 / 事。

来日 / 绮（qǐ）窗前，寒梅 / 著（zhuó）花 / 未？

【解读】

这是一首思乡的诗。

诗人遇到了一个从家乡来的人，迫不及待地说，你是我老乡，肯定知道家乡的很多事吧！按照一般人的逻辑，应该是疑问，你从家乡来，你知不知道家乡的一些事呢？诗人换了一种语气，便把那种迫不及待写了出来，看似有些主观无理，实则只是因为思乡之情太深切，太想知道家乡的情况。

诗人心情如此迫切，家乡那么多亲朋好友、人事变化中，他最关心的是什么？当我们已准备好诗人一迭连声问出顾此失彼不能面面俱到的问题时，诗人抛开了我们心中所想的所有问题，只问了一件看似无关紧要的事：你来的时候，我家雕花窗户下的那株寒梅，开花了没有啊？

联想梅花所代表的顽强不屈、高洁等美好品质，此问虽然出人意料，却更能表现出诗人的与众不同。当时的诗人，为了理想身在异乡，追逐理想的道路有风有雨是可想而知的，每当这种时候，对于诗人而言，需要的是什么？也许就是如寒梅一样的孤傲坚守。家乡窗前那株寒梅，一定在诗人的成长过程中陪伴着诗人度过了许许多多的凄风苦雨，因而，诗人离开家乡后，最最惦念的是寒梅，就一点儿都不意外了。

读此诗，莫名想起"一片冰心在玉壶"，两相比较，二者的相似之处应该是历经艰难、初心不改的信念。思乡是真的思乡，家乡是在外游子的港湾；因思乡忆起曾经共度风雨的寒梅，是因为那是自己成长道路上最知心的伙伴。想来，每一个人的人生中，都应该有这么一个特别的存在吧！

闲来观鸟空山中

鸟鸣涧

【唐】王维

人闲 / 桂花 / 落，夜静 / 春山 / 空。

月出 / 惊 / 山鸟，时鸣 / 春涧 / 中。

【解读】

这是"诗佛"王维颇具禅意的一首诗。禅意于王维，也算是当行本色。

第一句的句眼是"闲"，这种闲是心境的闲，不只是有时间那么简单。当人的心境很闲适的时候，便往往有心情去关注周围的事，比如诗人就看到了一株桂花树上桂花落下的过程。桂花十分细小，一般人注意不到桂花落。诗人实在是心情很闲适，很有时间，也很喜欢，因此一直盯着桂花树看，才看到了桂花落下的过程。闲到看桂花落，实在是极闲的。

第二句的句眼是"静"，春天的晚上，山里好静啊，以至于诗人觉得什么都不存在了。以空来写静，是静到了极致。

第三句以光反衬暗。山里生活的鸟儿，已经习惯了漆黑的夜晚。月亮升起来了，仅仅是多了一丝皎洁的月光，就惊到了山里的鸟儿。以"月出"时这种极微弱的、极难察觉的光线的变化写鸟惊，可见山中是极暗的。

第四句以声反衬静。鸟儿被月光吓到了，于是叽叽喳喳地叫了起来。等它们习惯了月亮的光线，便又恢复了安静。但比起之前漆黑夜晚中的安静，此时是一种更加安静的状态。

诗中的画面，从原本漆黑安静，到微弱月光下鸟鸣惊飞，再到月光笼罩下更加安静，除却禅意，王维此诗，实在当得苏轼"诗中有画"之评。

冬日山景亦可怜

山 中

【唐】王维

荆溪 / 白石 / 出，天寒 / 红叶 / 稀。
山路 / 元 / 无雨，空翠 / 湿 / 人衣。

【解读】

本诗所写之山，是终南山；所写荆溪，本名长水，自后魏以来讹为浐水，源出陕西蓝田县，经终南山北流至长安东北入灞水。这首诗写秋末冬初的山中景色。北方秋冬之季大多是肃杀的，但这首小诗却描绘了一幅不一样的景色。

冬天到了，万物渐次冰封，荆溪的水量明显变少了，连河底的白色石头都露出了水面。溪水依然非常清澈，冲刷在白色石头上，应该还有泠泠的水声。天气更冷了，原本点缀在山间的经霜的红叶，如今也渐渐地凋落了。此即"荆溪白石出，天寒红叶稀"。

后两句展示的是一种幻觉：虽已入冬，但山中的绿色还是非常浓郁，浓得仿佛能挤出水来，所以，虽然山中根本没有下雨，却让人觉得湿意已经透过衣服沾到皮肤了。

整体看来，在浓郁的青山背景之上，入冬渐次稀疏的红叶仍然十分惹眼；穿山而过的荆溪中，清澈见底的溪水从白色的鹅卵石上流过，水声淙淙，十分悦耳动听。诗人走在山路上，似乎感觉到了透过衣服沾到的湿意。

短短二十个字，颜色鲜艳明亮，声音美妙清新，并不清冷肃杀。可见诗人对山中的景色，无论什么季节都非常喜欢，因而描写得也非常到位。

童趣天真满画卷

画

【唐】王维

远看 / 山 / 有色，近听 / 水 / 无声。
春去 / 花 / 还在，人来 / 鸟 / 不惊。

【解读】

这是一则充满童趣的诗谜，诗题就是谜底。

一读仿佛就看到了一个瞪大双眼满脸童趣的人：他先歪着头从远处看，又走到跟前从近处看，并且侧过身子细细倾听，我们甚至可以想到他有些兴奋、好奇地眨着眼睛的样子。诗人在做什么呢？通观全诗可知，他在欣赏一幅画：远远看去，有山有水，有花有鸟。山是绿色的，水也很清澈，花儿开得很盛，鸟儿也很生动。也就是说，诗人一眼看过去，其实所有的要素都已经尽收眼底了。可是写的时候，他却分成了四个部分分别落笔。

首句是远观。远远望去，首先看到山，说明画幅的主体是山；山的主要特征是山色，一般而言是绿色。

次句写近听。其实画面上的水，远观也是看得到的，走到近处应该看得更清楚了；因为太栩栩如生了，诗人怀疑这条河是真的，于是侧耳倾听，但却听不到水流动的声音，着实有些奇怪呢。

第三句是细看，重点是花。远看的时候花儿开得很盛啊！但是明明春天已经过去了，为什么花儿还没有凋谢呢？这里几乎能看到诗人充满疑惑地盯着盛开的花儿的样子。

第四句更是满怀天真。描写的重点是鸟，远看的时候，能看到鸟儿悠闲地停在花枝上，我已经走得这么近了，那鸟儿怎么却没有被吓到呢？天真的诗人说不定还退后了几步，再猛然冲了过去，发现鸟儿依然没动，才醒悟原来并非真的鸟儿。

读这一首诗，重点是童趣，若不能站在一个小孩儿的角度看这首诗，那这首诗其实是索然无味的。正是因为诗人有充满童趣的眼睛和心灵，所以诗人见到那幅画，只顾描绘画面，全然不做任何主观判断，但画里各种景物的逼真形象已如在眼前。

真率孤高一太白

独坐敬亭山

【唐】李白

众鸟 / 高飞尽，孤云 / 独去闲。

相看 / 两不厌，只有 / 敬亭山。

【解读】

　　李白是一个狂傲且自信的人，所以如果不是真心赏识他的人，比如贺知章，或者真心崇拜他的人，比如杜甫，是无法忍受他的狂傲的。加上李白在诗作中的极高造诣，所以不大被人理解，因此孤独感常常会在他的诗里出现，这一首就是写李白如何面对孤独的。

　　诗人独自坐在敬亭山中抬头望，看到一群鸟儿向更高更远的天空飞去了，渐渐地消失在了目之所及的范围，后来居然连一只都看不见了，它们何其自由啊！

　　诗人仍然抬头望，又发现不仅鸟儿全部越飞越高远，甚至连云朵都飘走了，飘到了很远的地方，目之所及居然没有一朵云彩，它们也太悠闲了吧！

其实，无论是鸟儿飞向远方，还是云朵飘向高处，都不能求全责备，因为它们有自己的悠闲和自由要去追求。此时的李白，对鸟和云都是羡慕的，因为自己无法像它们一样，抛下一切去享受悠闲和自由。

此时此刻，茫茫天地之间，偌大的山中，仿佛只有诗人一个人。就在我们以为李白心情一定会很坏的时候，他却宕开一笔，长长地舒了一口气，说道：哎，多亏敬亭山还在这里，没有躲开我，看来能理解我，并且愿意和我做伴的，说到底也就只有敬亭山了。语气里满是庆幸。

虽然看起来李白似乎是在庆幸有敬亭山作为朋友，但细想一下，却还是有些悲哀：敬亭山无法移动因而被李白引以为知己；若换个角度，万一敬亭山也是可以移动的，那么李白该有多么孤独啊！读这一首诗，很容易联想到"举杯邀明月，对影成三人"，你看到的是潇洒豁达，细想之下，却是孤独寂寞冷。明月、影子和我，是那三个相依相伴的朋友，若是无明月，就无影子，那么诗人将何以堪？！唯有孤独而已了。但乐观豁达如李白，他还是会在自然界中寻找能够疗愈他心灵的一切客观事物，把他的洒脱不羁寄托在它们身上，因此我们看到的李白，总是那么一往无前，勇敢得让人感动。

深秋月夜侵骨冷

玉阶怨

【唐】李白

玉阶 / 生 / 白露，夜久 / 侵 / 罗袜。
却下 / 水晶 / 帘，玲珑 / 望 / 秋月。

【解读】

此诗写一个半夜时分仍在痴痴等待的女子。

夜已经很深了，气温已经很低了，台阶上已经凝满了晶莹的露水。

那个女子就呆呆地站在台阶上，寸步未移。时间久了，露水已经透过鞋子浸湿了她的罗袜。

不知道过了多久，她大概终于被脚下传来的阵阵凉意给唤醒了。于是转身回到屋内，放下了水晶帘，但她还是睡不着。

睡不着的女子痴痴地望着窗外的月亮，大概无论圆缺，对于她而言，都是一种折磨：圆是反衬她的孤独，缺是象征她的孤独。

　　女子因何痴立，因何难眠，已不得而知。大约不外乎与心上人生生离别，久久难见，以至深深思念罢了。无论如何，女子的心思都不难猜度，李白也因此选用了很多白色系列的词：玉、白、水晶、秋月，仿佛女子那颗晶莹剔透的心就摆在人们面前，让人一见即知。

黯然销魂劳劳亭

劳劳亭

【唐】李白

天下 / 伤心 / 处，劳劳 / 送客 / 亭。

春风 / 知 / 别苦，不遣（qiǎn）/ 柳条 / 青。

【解读】

古代送别处，十里一长亭，五里一短亭，这个劳劳亭，也是古人用来送别的一座亭子，可见诗写送别。古人的送别，从来就是悲伤的，所谓"黯然销魂者，唯别而已矣"。所以题目已经奠定了悲伤的基调。

开篇，颇有长叹一声劈空而来的气势：哎！这天底下最令人伤心的地方，就是像劳劳亭这样送别的地方啊。不论李白是送人还是被送，这一声浩叹都表达了送别双方当时的心情，极度伤心。

伤心到无法再说什么了，只好把目光转向别处。古人折柳送别，取柳谐留音之意。所以一般送别处，都植有柳树。李白此时就把目光转到了劳劳亭旁边的柳树上。

后两句十个字，蕴含了许多层意思：是要折柳条送别的，可是，柳条居然还没变绿，无柳可折，无法留客，是第一层曲折；那么，是谁让柳条不绿呢？哦，原来是春风，这里诗人将春风拟人化了，春风成了一个善解人意的人儿，知道诗人不舍得和朋友分别，所以不让柳条变绿，这样，无柳可折，就可以不用送别了，这是第二层曲折；可是无柳可折，就真的可以不用分开了吗？显然不是的，离别还是不可避免的，所以，这是第三层曲折。

一层层想来，真真可谓是千回百转、愁肠百结。

明月千里寄乡思

静夜思

【唐】李白

床前 / 明月 / 光，疑是 / 地上 / 霜。
举头 / 望 / 明月，低头 / 思 / 故乡。

【解读】

这是李白作品中流传度最广的一首诗，可谓家喻户晓、街知巷闻。

第一句中的床，不必纠结，理解为可坐可卧的家具即可。诗人李白"一生好入名山游"，经常在路上。此时诗人也是远离家乡在外奔波。对于奔波的人来说，都不免有一种体会：白天忙忙碌碌还好，可以冲淡离愁；一到晚上比较清闲了，睡不着了，万千思绪就涌上心头。李白也不例外。到了晚上，他睡不着，且内心思绪万千。也许是在徘徊，也许是静静坐着，也许在什么地方倚靠着，忽然发现，有一个地方格外明亮。

诗人瞬间有些恍惚：咦，怎么这个时间地上会有霜呢？一个"疑"突出诗人的恍恍惚惚，此时，他的精神比较涣散，思绪比较飘忽。一个"霜"字突出诗人看到这片明亮的地方，忽然感觉到一丝凉意。只是这一丝凉意，是因为地上的"霜"，还是因为诗人自己的内心，我们却不得而知。

但是，因为心中有疑，所以诗人就想探究一下，思绪从恍惚转为清醒，于是抬起头来，望着天上的月亮。一个"举"字，突出的是诗人抬头动作之缓慢；一个"望"字，突出的是诗人抬起头来望着月亮时间之长。

心事重重的李白看了很长时间的月亮。忽然，缓缓地低下头来，他想起了自己的家乡：家乡的人、家乡的风物、在家乡和亲人朋友们之间发生过的事……如斯种种。大概他想到的故乡种种越是丰富，就越能反衬出此时奔波在外、夜不能寐的孤独。细细想来，不觉令人黯然神伤。

在我们的印象中，李白本不是如此放不下的人。因而这首诗写出的情感非常"不李白"，但却戳中了许多漂泊异乡的游子的心思。或许正是因为偶一为之，我们无意中窥见的这个李白才更加珍贵，他在世人心目中的形象也就愈加丰满。

山寺危高惊太白

夜宿山寺

【唐】李白

危楼 / 高 / 百尺，手可 / 摘 / 星辰。

不敢 / 高声 / 语，恐惊 / 天上 / 人。

【解读】

这是一首很有李白特色且充满童趣的诗歌。

李白在外游历，某一天晚上在一座山上的寺庙里休息。寺庙的特点就一个字：高。所以全诗是围绕着一个"高"字来写的。

首句直接用"高"字点题，再用其他的字词辅助。"危"其实亦是高，但用危就表明此楼不止于高，更可谓"危"，即诗人站在楼上，心中颤颤巍巍、战战兢兢、如临深渊的感觉也跃然纸上。百尺，是夸张，不是确指。那座寺庙啊，看起来简直有百尺那么高，从上面往下看，肯定心如擂鼓。

次句的想象丰富浪漫：寺庙里的这座楼这么高，离天空应该很近吧。这样一伸手，应该就能摘到天上的星星吧。这一句把人们的视线引到星辰闪烁的深蓝的夜空，胸怀随视野一起翱翔，以至无边无际。

后两句突然改变视角，以小童的口吻出之：在这座高楼里，凡人是不能高声说话的，因为声音大了，恐怕会惊扰到天上的仙人。我们仿佛能看到充满童趣的诗人把手指放在嘴边，发出"嘘"的声音，提醒大家：声音小点儿，不然惊扰到天上的神仙就不礼貌了。一般来说，成年人是不会有这样的担忧的，因为知道仙人不存在；一旦换成了小童视角，就不仅写出了山寺之高，而且写出了天真趣致。

小诗读罢，对李白可爱天真的个性有了体会：我们仿佛见到一个人，瞪着好奇的大眼睛，在山寺里面东张西望不住感叹的样子。写一座寺庙之高，却写出了这么多曲折，诗人的想象力真是让人叹服。

愁如白发三千丈

秋浦（pǔ）歌十七首·其十五

【唐】李白

白发 / 三千 / 丈，缘愁 / 似个 / 长。

不知 / 明镜 / 里，何处 / 得 / 秋霜？

【解读】

　　此诗是写愁的名篇，李白写愁，特色就是夸张和想象力。

　　首句，一声浩叹破空而来：哎，我的白发啊，简直有三千丈那么长！这是诗人揽镜自照，看到满头白发时发出的叹息，这一声叹息爆发力十足，瞬间引起了读者的注意。可以试着想象一下，画面会非常奇特，眼前仿佛有一挂铺泻而下的白发"瀑布"。这显然是夸张，但这一夸张，成功引起了人们的好奇心，自然而然也就想知道，诗人的白发为什么有三千丈那么长？

　　次句是解释：这一切，都是因为我心里的愁绪就有那么长啊。明白了，原来如此。心里面有浓郁纠结难以排解的万端愁绪啊，这愁绪萦绕心中，挥之不去，以至诗人照镜子发现满头白发时，自然而然地想，正是因为心里有那么多愁绪，才导致我的头发全白了啊！这满头白发就好比我心里的愁绪一样，大概有三千丈那么长吧！这个比喻，将无形的愁绪，比喻成为可见可感的白发，堪称是非常形象的了。此时，我们知道诗人心里满是愁绪，但为什么这么多却不得而知。

如果说前两句暗写照镜子所见所感，那么后两句就是明写照镜子了。诗人并没有解释自己为什么这么多愁绪，而是宕开一笔写：不知道镜子里的我的头发上，是哪里的秋霜落到了上面呢？其实，若是发白因愁绪，诗人一定会知道是什么原因，而这里，诗人却说，我也不知道是哪里的秋霜落到了我的头发上。显然并非有疑而问，也并非有疑须答，只是难以抑制的愤激：我李白如此志向远大、才华横溢，时至今日却一事无成，究竟是时代的问题还是自己的问题呢？不可说，不可说，只能愤愤然闭嘴。

以一声浩叹起，以一个无解之问结，李白的无限愁思、几许愤激便尽在其中了，读来余韵悠长、令人深思。

勤劳娇憨采莲女

越女词五首·其三

【唐】李白

耶（yē）溪 / 采莲女，见客 / 棹（zhào）歌回。

笑入 / 荷花去，佯（yáng）羞 / 不出来。

【解读】

李白的诗，有"清水出芙蓉，天然去雕饰"之称，这一首诗便非常符合这个评价。

该诗题为《越女词》，首句中的"耶溪"，即是浙江绍兴附近的若耶溪，此诗或许是李白游历到当地时的所见、所闻、所感。采莲女在诗人笔下是一群勤劳可爱的姑娘。她们常常在莲花盛开荷叶田田的季节里，身着翠绿衣裙，划一叶轻舟，唱着轻快的歌儿，穿梭于莲花荷叶间，与红花绿叶融为一体，采摘莲蓬、剥莲子。

李白诗中的这个姑娘，应该也是在采摘莲蓬、剥莲子，只是在采莲的过程中，受到了不速之客的打扰，有个外地的小伙子与她在荷塘里相遇了；姑娘为了避开这个不速之客，于是划着她的小舟唱着歌儿往回返。从姑娘边唱歌边划船的情况来看，姑娘性格相当活泼，也并非真心要躲避这个不速之客，只是向来所受的教育，以及小女儿的娇羞不容她直面这个不速之客。

她已经尽力划了，但还是觉得躲闪不及；于是她一边笑着，一边划着小舟，钻入一丛荷花中，佯装害羞，无论怎么招呼，都不肯出来。但其实我们能够想象得到，荷花丛中那个和荷花荷叶融为一体的姑娘，正透过花叶的间隙，用那双美丽的大眼睛，好奇地看着这个陌生小伙子呢。

这个姑娘，和李清照词中那个"和羞走，倚门回首，却把青梅嗅"的姑娘，异曲同工，都是那么聪慧、那么娇憨，小女儿情态跃然纸上，见之可喜。

国士无双志难酬

咏 史

【唐】高适

尚有 / 绨（tí）袍 / 赠，应怜 / 范叔 / 寒。

不知 / 天下士，犹作 / 布衣 / 看。

【解读】

这首诗，言及的是与战国时期范雎、须贾有关的一段故事。

据《史记·范雎蔡泽列传》记载，范雎是魏国人，起初想在魏国成就一番事业，但因身份低微，只能先在魏国中大夫须贾门下为客。魏昭王时，范雎跟随须贾出使齐国，齐襄王很看重范雎的才能，赐给他十金以及牛肉美酒。须贾得知后，以为是范雎出卖了魏国的情报得到的赏赐。回国后，向国相魏齐报告了此事。魏齐大怒，令手下毒打范雎。范雎装死逃过一劫，被卷在席子里丢在厕所。宾客喝醉后轮番向他身上小便，以杀鸡儆猴。后来范雎在看守的帮助下逃出，又和魏国人郑安平一起藏了起来，改名张禄。几经周折，范雎到了秦国，凭借自己的能力封侯拜相。魏王因惧怕秦国攻打魏国，派须贾出使秦国。范雎听说之后，乔装改扮，身穿破旧衣服步行去客馆，求见须贾。须贾见范雎平安无事，十分吃惊；又见他如此贫寒，心生怜悯，留他一起吃饭，并以绨袍相赠。言谈间，须贾说起此行的目的是求见国相张禄，并问范雎有没有认识的人可以帮忙引荐。范雎当即表示自己可以请主人为他引荐，须贾以为范雎说笑，不以为然。谁知范雎却亲自驾着四匹马拉的车来接须贾。直到范雎为须贾赶着车进了国相府，须贾都不知道眼前的范雎，就是他想求见的秦国国相张禄。当国相府的仆从告知他真相时，须贾便知道他出使秦国的任务无法完成了。范雎亲口责问须贾，是否知道错在何处。须贾不敢辩驳，只好洗耳恭听。范雎明确指出其错有三：怀疑自己作为魏国人叛国通齐，且上报魏齐，使自己惨遭毒打几乎致死；魏齐要把自己丢在厕所时，须贾不加阻止；自己在厕所被宾客肆意凌辱时，须贾无动于衷。虽然如此，须贾最终还是因为赠送绨袍给范雎，得以免死。

此诗第一句就从赠绨袍写起：再次见到范雎时，须贾赠给他一件绨袍，说明须贾其实对于范雎的"贫寒"是有怜悯的。进一步推究的话，应该还带着愧疚，毕竟，范雎"沦落"到秦国，有很大原因是因为自己。此即"尚有绨袍赠，应怜范叔寒"。也就是说，若就个人品行而言，须贾应该算得上是个有恻隐之心的好人。

但也就仅此而已了，比如论看人的眼光，就实在是令人不敢恭维：范雎明明有国士之才，须贾却不知信任他，怀疑范雎里通外国，还在并无真凭实据的情况下上报，使范雎惨遭毒打，且被肆意凌辱，几乎丧命在先；在范雎已经出任秦国国相，权倾天下之时，须贾闭目塞听，仍然当他是一个贫寒布衣在后。

此即"不知天下士,犹作布衣看"。

这些事似乎只关乎个人的品行和才能,但由于身处位置的特殊性,有的时候差之毫厘就会谬以千里,因此不能不谨慎啊!

一般的咏史诗,咏史都是为了写实。写作此诗时,高适刚刚步入仕途,他自以为有国士之才,却只得了封丘尉这一小官,心下难免不平。于是便借范雎之事,表达自己心中的不满,颇有千里马常有而伯乐不常有的郁郁寡欢,心底对须贾这种徒有恻隐之心、却无识人之眼的庸碌之人身居高位充满了鄙视和愤愤不平。

风和日丽春意足

绝句二首·其一

【唐】杜甫

迟日 / 江山 / 丽，春风 / 花草 / 香。

泥融 / 飞 / 燕子，沙暖 / 睡 / 鸳鸯。

【解读】

在中国古典诗歌的殿堂里，杜甫和李白有双子星座之称。李白是伟大的浪漫主义诗人，而杜甫是伟大的现实主义诗人。杜甫的作品，大多是其亲身经历的人和事，在在透露着忧国忧民的圣人心事。故其人称"诗圣"，其诗称"诗史"。这首五言绝句，是他漂泊西南时在草堂所写。经历过长时间的颠沛流离之后，杜甫终于过上了安定的生活。他最擅长的是律诗，绝句在他的诗中少之又少，尤其是五绝，更少。这是其中一首，描绘的是一幅暖意融融的春景图。

前两句写春日之景。与冬天相比，春天的白天渐渐变长了。

近处的江、远处的山在春日暖阳的映照下，显得十分清亮明丽；一阵春风拂面而来，带着花的芬芳和草的清新。虽然没有直接写动态，但是江水潺潺的声音如在耳畔；虽然没有直接写色彩，但山的青翠、花的缤纷和草的碧绿全都隐含其中，使得这幅画面有动有静、有声有色，更加丰富立体。

后两句写春日之鸟。春回大地，冰雪消融，泥土也由冬日的干裂坚硬变得松软湿润，燕子们欢叫着衔泥筑巢，安顿生活，一派生机勃勃；被阳光照得暖洋洋的沙滩上，一对鸳鸯正慵懒地酣睡着，暖和闲适，又是一番和平安乐的美好景象。

如果说前两句是粗笔勾勒，那么后两句就是工笔细绘，两相结合，整个画面虚实相生、和谐统一。

无限乡思在画中

绝句二首·其二

【唐】杜甫

江碧 / 鸟 / 逾（yú）白，山青 / 花 / 欲燃。

今春 / 看 / 又过，何日 / 是 / 归年？

【解读】

漂泊西南的杜甫，虽然生活安定，但内心依然是很不平静的。这一组绝句的前一首，杜甫着意写了一幅暖意融融的春景图，这一首，则既有春景，亦有春情。

这首小诗，压的是一先韵，平仄协调，读起来朗朗上口。

本诗前两句，选择了江、鸟、山、花这几个意象，用碧、白、青、燃（火红）加以修饰，形成了一幅浓墨重彩的风景画：近处，江水清澈碧绿，波平如镜，雪白的鸟儿掠着水面飞来飞去上下颉颃，轻盈矫健的身姿和倒映在江水中的影子一道，倏忽而过，一闪而逝，人的目光不自觉地跟随它飞向远处；远处的山，层层叠叠，青翠欲滴，山间，朵朵火红的花儿热烈绚烂地开着，仿佛一团团火焰，其势熊熊。这一幅画，描摹出了暮春时节的美丽景色，有着令人目醉神迷的魅力。

一个"逾"字，表现出江上飞鸟的白色羽毛在漫江碧透的水波的映衬下，显得更加白；一个"欲"字，则将花朵拟人化了，摇曳多姿的花朵，如在眼前。碧绿、青翠、洁白、火红四种颜色分别对应江、山、鸟、花，互相映衬，令人流连忘返。

前两句对风景的描述已经足够醉人，正当我们沉醉其中的时候，诗人却笔锋一转，转入抒情："今春看又过，何日是归年？"原来，诗人用尽笔力描摹眼前之景，却意不在此。"看又过"三字一出，不仅可以看出写诗的节点在春末，还可以感觉到诗人内心对于时光一年一年流逝的无奈叹惋。岁月荏苒，但归期遥遥，景色再美，又有何用？

王夫之在《姜斋诗话》中说："以乐景写哀，以哀景写乐，一倍增其哀乐。"此诗典型地运用了这种写法。极言春光融融，反衬归心殷殷。令春光的极端融洽，为归心的极端殷切背书。诗人乡思之深厚，由此可见。老杜这一首诗，堪比王粲一篇《登楼赋》，所谓虽信美而非吾土兮，曾何足以少留。也就是说，这地方真的非常非常美，但是可惜不是我的家乡，我一直滞留在这里，谁知道到底是什么原因呢。所以全诗抒发的是羁旅他乡的漂泊之情。

患难之际见真情

因崔五侍御寄高彭州一绝

【唐】杜甫

百年 / 已 / 过半，秋至 / 转 / 饥寒。

为问 / 彭州牧，何时 / 救 / 急难（nán）？

【解读】

　　盛唐大诗人杜甫和李白、高适都是好朋友，年轻的时候一起在山东一带游历，"醉眠秋共被，携手日同行"。后来世事变幻，高适飞黄腾达，而杜甫依然穷困潦倒。高适担任彭州刺史的那年冬天，杜甫流落到成都一带，在剑南节度使严武的资助下，建造草堂安定下来。这首诗是杜甫写来向老朋友高适求助的。

　　流落到成都的那一年，杜甫四十八岁，几近知天命的年岁。前两句他毫不避讳地向好友坦陈自己的窘境：我年近五十，马上就要半百了。秋天到了，没有收成的自己既没有食物，也没有衣着，实在是饥寒交迫。杜甫流落在成都的日子，虽然定居下来了，但过得非常落魄，无衣无食的事情常常会发生。看来这一年，仍然如此。

这一天，二人共同的朋友崔五来访，不觉谈到了在彭州做刺史的高适。于是诗人托崔五带了一封信给高适，并请崔五替他问问：彭州刺史高大人，你什么时候来救老朋友于水深火热之中呢？

细究此诗的语气，不难看出二人关系非常亲厚。所以老杜不仅很坦率，而且就算是求接济，也非常直接，一点儿都没有客气，一副理所当然的样子。

此诗到后，高适果然立刻派人给杜甫送来很多日用品，更可见二人的情谊之深。

沉迷追星杜子美

八阵图

【唐】杜甫

功盖 / 三分国，名成 / 八阵图。

江流 / 石 / 不转（zhuǎn），遗恨 / 失 / 吞吴。

【解读】

刘备三顾茅庐，诸葛亮在《隆中对》为其谋划的大计就是三分天下。所以诸葛亮在三分天下蜀汉其一的过程中，功劳是最大的。后续的发展中，诸葛亮的策略是联吴抗魏。可惜刘备自作主张，非要与吴国为敌，破坏了诸葛亮的策略，为了援救吞并吴国失败的刘备，诸葛亮在长江的沙滩上排出了"八阵图"（天地风云龙虎鸟蛇），一方面使诸葛亮再次名噪天下，另一方面却也标志着他联吴抗曹策略的全面失败。这首诗所说的就是这一件事。

首句概括性很强，"功盖三分国"五个字中凝练的是诸葛亮一生中所策划和经历的所有事情，成功的不成功的都算数。而在这所有的事情中，最能体现他智计无双的，就是《隆中对》中谋定的三分天下。谋定而后动，诸葛亮本来是胜券在握的。

次句依然具有很强的概括性，"名成八阵图"这五个字概括的是，自作主张的刘备伐吴失败，狼狈西归，极有可能全军覆没。诸葛亮万般无奈，只有出此下策，在长江边上排出了八阵图。岂料居然再建奇功、再度扬名。细细想来，真是令人哭笑不得。

江水滚滚，大浪淘沙，许多事物都发生了变化，可是布在长江边的八阵图石阵仍然没有变化，就好比诸葛亮那为了蜀汉鞠躬尽瘁死而后已的精神一般。虽然诸葛亮为了蜀汉献出了一切，但是架不住有一群成事不足败事有余的"猪"队友啊，尤其是前后两任"队长"刘备、刘禅，让诸葛亮联吴抗曹的大计付诸东流。不仅功败垂成、功亏一篑，神机妙算的诸葛亮还得一边心痛摇头一边收拾烂摊子。真是痛何如哉！

世事变幻，诸葛亮智计无双却大业难成的悲剧结局，鞠躬尽瘁死而后已的奉献精神，如同灯塔一般照耀着像杜甫、陆游这样的人。一生奉儒守官渴望建功立业的杜甫，奉诸葛亮为偶像，也是有道理的。

鞠躬尽瘁业难成

武侯庙

【唐】杜甫

遗庙 / 丹青 / 落，空山 / 草木 / 长。

犹闻 / 辞 / 后主，不复 / 卧 / 南阳。

【解读】

诸葛亮是杜甫的偶像。杜甫在诗里多次提到诸葛亮，表达对他的敬意。这一首诗也是这个意思。

因为崇拜诸葛亮，所以杜甫来到成都后，听说有一座纪念诸葛亮的武侯庙，迫不及待地想去参观一番。谁知到了地方一看，不禁大失所望。"遗庙丹青落"，这座纪念庙已经十分破败了，连里面的画像都已经被侵蚀剥落得不像样子了，根本看不出画像原本是个什么样子。"空山草木长"，不仅是庙内，就连庙所在的山中都空无一人，荒草树木已经把山中的道路完全遮蔽了。可以想象，当满怀期待的杜甫兴冲冲地前去参观武侯庙，看到如斯现状时心中的落差，那种凄凉落寞油然而生。

想当年，诸葛亮出师北伐前，曾上表后主，表达不会再回南阳隐居，且会为了蜀国鞠躬尽瘁死而后已的想法。这自是为了打消刘禅的顾虑，但更是他釜底抽薪、破釜沉舟的决心。这一去，是不成功便成仁的生死局。可到如今，曾经为了国家付出一切心血的人，下场却如此凄凉，真是令人唏嘘。

后两句的感慨中，蕴含了很丰富的内涵：刘备三顾茅庐，诸葛亮为他谋划三分天下的大计，刘备一定要攻击吴国破坏诸葛亮联吴抗曹的策略，刘备临终托孤，诸葛亮为了蜀汉和扶不起的阿斗六出祁山、鞠躬尽瘁死而后已的种种，和眼前荒凉无人祭拜的破旧庙宇形成了巨大的反差，使得诗人感慨万千。可是更重要的却依然是言外之意：为什么我会奉诸葛亮为偶像，那是因为，我和他一样是有"致君尧舜上"的志向，也和他一样有决心和才能，即使是几百年后已经看清了偶像的结局，即使自己也觉得分外凄凉，但是鞠躬尽瘁死而后已是偶像最后的倔强，也是自己最后的倔强。所谓"出师未捷身先死，长使英雄泪满襟"，与此相类。

大概，在诸葛亮最后无法闭上的双眼里，会朦朦胧胧出现南阳旧居影影绰绰的样子吧，那里终究成了他再也回不去的故乡。不知道在大业难成和故地难回之间，到底哪一个才是他永远放不下的呢？除了诸葛亮，谁也没有权利去评说。

雪夜白屋暖路人

逢雪宿芙蓉山主人

【唐】刘长卿

日暮 / 苍山 / 远，天寒 / 白屋 / 贫。

柴门 / 闻 / 犬吠（fèi），风雪 / 夜归人。

【解读】

这是一首十分温暖的小诗，它实际上描绘了两幅画面。

前两句是诗人投宿图：已经是日暮时分了，天降大雪，纷纷扬扬，可是前路依旧漫长遥远，那座横亘眼前的苍茫高耸的山，今天是无论如何也翻不过去了。诗人心下焦急，急需寻找一个投宿的地方。正在此时，眼前出现了一座十分简陋的茅屋，尤其是在这寒冷的天气里，被漫天风雪覆盖的茅屋更加显得孤单弱小贫穷。但是，在诗人眼里，这座小茅屋不啻是一个温暖的港湾，让他提着的心终于放下来了。

王夫之有云：以乐景写哀，以哀景写乐，一倍增其哀乐。

这里,用一幅这样的画面来表现诗人终于找到宿处的那份快乐,简直无以复加了。

后两句是主人夜归图。诗人去投宿,这户人家肯定十分热情地接待了,所以诗人在漫天风雪夜安顿下来了。正因如此,他才有机会看到接下来这幅主人夜归:半夜时分,诗人忽然听到主人家院子里的看家狗吠叫起来了,出来一看,原来是外出的主人回来了。

这幅简单的画面里蕴含着两层意思:其一,虽然并不知道主人外出去做什么,但是从上文所描绘的屋子的简陋可知,这户人家并不富裕,那么,主人一定是为了生活去打拼了。无论在外面打拼多么辛苦,无论这茅屋如何简陋,只要有家作为后盾,那么主人一定是有底气的,而家人对主人一定是有期盼的,这户人家的心里一定是温暖的,因此主人的归来一定是其乐融融的场面。其二,由于诗人已经安顿在了这里,所以主人夜归时,诗人是从屋里出来迎接的,因此,颇有反客为主的意思,也正因此,所以颇能与主人一家融为一体,感受到那一份暖意。之前因投宿有着落而无以复加的快乐,在这个时刻,又得到了进一步的升华。

在这风雪交加的夜里,这间简陋至极的屋子里散发出的温度,足以暖透屋内所有人的心。以哀景写乐的手法,在这后两句里表现得更加淋漓尽致。

勇猛无匹飞将军

和张仆射塞下曲六首·其二

【唐】卢纶

林暗 / 草 / 惊风，将军 / 夜 / 引弓。

平明 / 寻 / 白羽，没（mò）在 / 石棱（léng）中。

【解读】

此诗化用了飞将军李广的故事。《史记·李将军列传》中有载："广出猎，见草中石，以为虎而射之，中石没镞，视之石也。"意思是：李广出去打猎，看见草中的石头，以为是老虎，就朝着那个方向射了一箭。走近细看，发现射中的并不是老虎，而是一块大石头，而且箭镞已经全部没入石头。《史记》中的记载，简单且平铺直叙，没有波澜。卢纶抓住了其中最重要的戏剧性特点，即把石头误以为是虎，加以点染，创作出了这一首诗。

首句营造氛围。诗人根据《史记》中的记载，通过合理想象后，营造出了一个非常恰当的氛围：幽暗的森林，高高的草丛，一个"惊"字，写出了夜风骤起，将草吹动起来，并且发出沙沙声的状态。这个环境，阴森甚至有些恐怖，视线极其容易受到遮挡，为下一句做了很好的铺垫。

飞将军出猎，正走到此处，阴暗的光线下，先是看见风吹草动，又听到了沙沙的声音，充满警惕的飞将军，误以为有老虎，于是毫不迟疑，弯弓搭箭，从容射出。一个"引"字，写出了李广在大敌当前时镇定自若的样子。正因为事件发生时，周围环境太过阴森恐怖，因而，飞将军并没有命人即刻收回猎物，而是选择打道回府，第二天再来清理。

第二天天一亮，李广一行人就来到了前一天的射"虎"现场清理。找来找去，却一没发现老虎，二没发现箭矢。一行人找啊找，终于在一块大石头上找到了箭矢，并且发现箭头已全部射入石头中。这反转来得真是出其不意，众人这才恍然大悟，原来，昨晚将军射的"虎"，居然是这块大石头啊！

此诗塑造了一个勇武果决的将军形象。他沉着冷静，在疑似有"虎"的情况下，从容不迫，搭弓射箭；他勇武过人，一箭射出，可入石数寸。与《史记》相比，此诗营造了合适的氛围，夜晚林深处，风吹草动，使读者更有想象空间，更有利于塑造李广形象；第二天才清理战场，发现真相，增加了一层波澜，故事性更强。

一鼓作气追穷寇

和张仆射塞下曲六首·其三

【唐】卢纶

月黑 / 雁 / 飞高，单（chán）于 / 夜 / 遁（dùn）逃。

欲将（jiāng）/ 轻骑（jì）/ 逐，大雪 / 满 / 弓刀。

【解读】

　　卢纶本人曾任职元帅府判官，对于从军生活颇有体验，因此他的边塞诗是他从军生活的真实体验，写起来颇为淋漓尽致。

　　首句渲染氛围。"月黑"，表明这是一个伸手不见五指的深夜。此时，本是大雁栖息时间，一般是不会飞的，但大雁忽然受惊，扑棱棱都高高飞起了，就说明一定有大事发生。究竟是什么事呢？诗人以五个字引起了读者的兴趣。

　　次句便是答案，大雁忽然受惊高飞是因为单于借着夜色的掩护仓皇逃走了。单于是匈奴人对其首领的专称。可见，这场战争发生在汉军和匈奴军之间，且之前是汉军取得了阶段性胜利,将单于围困在了某一个地方。而据单于连夜逃遁的行为来看,匈奴残余势力应该已经被围困一段时间了。这一天,趁着天黑时,他们逃走了。

若是久疏战阵,对于单于的逃离,大概没有那么快速的反应。但是这里的战士,反应迅速。将军当即决定,亲率一支轻骑兵即刻去追。读者仿佛可以看到,将军命令骑兵集结,迅疾点兵,一声令下,骑兵们全神备战,预备衔枚疾走,完成追击任务。选择轻骑,既是任务需要速度的要求,也是体现汉军将士信心的要求。对这场追击,他们有着必胜的信心。此谓"欲将轻骑逐"。

末句诗人描绘了这样一幅画面:这场交锋发生的夜晚,大雪纷纷扬扬,片刻就落满了将士们的弓和刀,遮蔽了森然的寒光。之所以如此描写,突出的是将士们在如此严酷寒冷的冬季夜晚,对于任务的执行不折不扣、毫无怨言,手持武器,坚定不移,因此雪才能落满弓刀。这一排排落满雪的弓刀,就像是将士们坚信胜利的心。

单于一"逃",汉军即"逐",剑拔弩张、紧张激烈的战斗一触即发。没有具体战斗场面的描写,留白颇多,给予读者非常大的想象空间。

短叹长吁因落第

再下第

【唐】孟郊

一夕 / 九 / 起嗟（jiē），梦短 / 不到家。

两度 / 长安 / 陌（mò），空将 / 泪见花。

【解读】

　　孟郊是中唐著名诗人，以孝顺著称，其《游子吟》一诗，知名度、传唱度都很高。他仕途不顺，曾两试进士不第，此诗即作于他第二次落第后。

　　因为又一次考试失利，诗人睡不好觉，整个晚上一会儿起来，一会儿躺下，似乎睡着了，又似乎没有，短叹长吁，唉声叹气。科举考试是寒门士人进入仕途的唯一途径，他们寒窗苦读，为的就是一朝学而优则仕。可以说每一个士人治国平天下的愿望的实现，都起源于中举。明乎此，就知道为什么落第对诗人的打击会这么大，以至于整晚半梦半醒。

第二句承接前一句的句意，由于老是惊醒，所以每一个梦都很短，因而梦里连家都回不了。其实，除了字面意思，藏在其下的诗人的心思也是不难想见的：这一次，我又落第了，万一梦见家中亲人询问考试情况，我该如何回答呢？与其这样，不如不要做梦还更好一些。因此，不是因为梦短回不了家，而是诗人内心惶恐，不敢睡觉，不敢做梦，不敢回家。

　　既然连做梦都不敢回家，那就只好徘徊在长安的大街小巷。这已经是第二次落第了。长安是一个繁华的大都市，要在长安寻找一条人少的小路是不太容易的。可见，孟郊再度下第后不想见人的心态。他带着一双泪眼前来看花，与僻静的小路上孤独寂寞的花儿两两相望，心里的千言万语不知道要从何说起，也不知道说些什么，更重要的是不知道要说与谁听。此时，面前那朵花，不就好比是满腹才华不被人赏识的诗人自己吗？

　　孟郊之诗，向来以苦吟著称，"郊寒"是前人对他诗歌特点的概括，正是这个特点，为他赢得了"诗囚"的称号。此诗亦能够体现这些特点，再下第后的孟郊，可以说几乎是悲伤到自闭了。

一片孝心垂千古

游 子

【唐】孟郊

萱（xuān）草 / 生 / 堂阶，游子 / 行 / 天涯。

慈亲 / 倚 / 堂门，不见 / 萱草 / 花。

【解读】

　　孟郊是文学史上著名的孝子，他奋斗多年，直到四十六岁才考中进士。授官之后做的第一件事，就是把母亲从家乡接到官所。因此，此诗孟郊写来，确实非常动人。

　　前两句，说的是一种习俗，古时游子出门前，要在自家院子里种下萱草，以示希望母亲在自己不在家的日子里，可借观看萱草以忘忧的心意。孟郊要远游为前途奔忙，出门前，也曾在院子里种下萱草。经年累月，萱草已经在堂前台阶下生长得很是茂盛了，预示着游子离家已经有相当长的时间了。

　　后两句是孟郊想象到的画面，这幅画面感人至深：慈爱的母亲倚靠着房门,期盼的目光望向远方。"不见萱草花"的"不见",倒不是因为萱草没有开花,而是因为母亲的目光是望向远方的,那种望眼欲穿,所有的儿女都能理解。游子为了让母亲忘忧而在离家前种下的萱草,其实并没有起到实际的作用,甚至可以说起到了反作用。母亲看到眼前的萱草,睹物思人,应该更加深了对游子的思念吧!

孟郊的《游子吟》家喻户晓,是写母爱孝心的名篇,与这一篇恰可参读。如果说《游子吟》更有普适意义,那么《游子》则更细腻具体地用一幅画面戳中了所有人的泪点:母亲倚靠着房门的孤独的身影,望眼欲穿的期盼的目光,远远地将根本不知道方向、不知道归期的远方的游子拴在了另一端。所谓儿行千里母担忧,所谓可怜天下父母心,不外如是啊!

哪一个在外打拼的游子背后,没有这样一个满心期盼、目光恳切的母亲啊!

聪明智慧新嫁娘

新嫁娘词三首 · 其三

【唐】王建

三日 / 入 / 厨下，洗手 / 作 / 羹（gēng）汤。

未谙（ān）/ 姑 / 食性，先遣 / 小姑 / 尝。

【解读】

　　这首诗写一个新媳妇"过三朝"的智慧。

　　"过三朝"是古时候的一种礼俗。新媳妇嫁到婆家第三日，要下厨做菜。其用意不外乎两个方面：一是表明从今以后用心侍奉公婆，打理家务；二是婆家对于新媳妇理家才能的一次考核。无论是哪一个方面，对于一个新媳妇来说，都不得不万分的重视。

　　首句言"三日"，可见是新媳妇无疑，同时也表明正是"过三朝"的重要节点。看来，"入厨下"是"过三朝"的重要内容。既然要下厨房，"洗手"就是自然而然的；既然是自然而然的，此处何以要特意交代？当然是为了表明新媳妇的郑重其事。可以想象一下洗手的时候，这个新媳妇的心理活动：从今天起，这个家就是我的家了，我必须要把一切都处理得妥妥帖帖，让所有的人都满意。当然，第一件事情便是要从"作羹汤"开始，做好今天的饭。

可是，如何保证所做的饭一定合公婆的胃口呢？这是一个聪明的新媳妇必须思考的事情。比较粗心的新媳妇，可能会照着自己的口味去准备这餐饭；可是诗中的新媳妇却多想了一层，我喜欢的，公公婆婆不一定喜欢。怎么办呢？我也从来没有和公公婆婆一起吃过饭，无法了解公公婆婆的饮食习惯。不能直接问公公婆婆，因为他们是考核官；不能问丈夫，因为在家中做饭的事情不归男子管，更何况，男子天生粗心，也抓不住要点；思来想去，只能去问小姑了：因为小姑未来也是要嫁人的，所以必然接受了来自婆婆关于此类家务事的教导。新媳妇能想到这一点，可见其细心聪慧。找来小姑帮自己尝菜，是绝不会失手的选择。

人们往往赞扬这个新媳妇的聪慧，可是一路分析下来，却是满满的心理压力。细究何以如此？可见古代制度、习俗各方面对于新媳妇的要求非常苛刻，令人唏嘘啊！

绝灭孤独一钓翁

江 雪

【唐】柳宗元

千山 / 鸟飞 / 绝，万径 / 人踪 / 灭。

孤舟 / 蓑（suō）笠 / 翁，独钓 / 寒江 / 雪。

【解读】

柳宗元在文学史上，与韩愈同为唐代古文运动的标志性人物，并称"韩柳"，为后世所称"唐宋八大家"之一。由于文名颇盛，诗名往往被掩盖。其诗传世不多，佳作却不少，值得一提的是这些诗几乎全写于被贬之后。这首《江雪》便是柳宗元最重要的代表作品之一，写于永贞革新被贬永州之后。

前两句，以几近夸张的笔调写出了环境的寂冷。周围群山环绕，山间本应有鸟，路上本应有人。但是此时此刻，在千岩万壑之间，连半只鸟儿飞过的痕迹都没有；在千万条山间小路之上，连半个人影都不见。何以如此，细究之下，当然是因为天寒地冻的缘故。一"绝"一"灭"，仿佛天地之间完全没有生命迹象似的。这两句虽未直接写雪，但是，漫山遍野白雪覆盖的场面却如在眼前，其间散发出的逼人刺骨的寒气令人望而生畏。

环境业已如此寂冷，江面之上应该更别有一番凄神寒骨的冷吧！但后两句，却描写了一幅寒江独钓图：此时，在平静的江水之上，有一叶孤舟在漂荡，孤舟之上，有一位披着蓑戴着笠的渔翁，独自在垂钓。一"孤"一"独"，既写出了一船一人的客观情况，又写出了船上人此时此刻的内心情感。可以想象，千山环绕中，不止寂寂无人，天空连鸟儿飞过的痕迹都没有。漫山遍野，唯有雪白一片。江上的这位垂钓者，没有抬头四顾，只专注地盯着自己的钓钩，偶一抬头，也并无可观之景，反而会被这四顾白茫茫的一片刺痛了眼睛。他眼观鼻、鼻观心的孤寂形象也仿佛就在眼前。

柳宗元写此诗，与其写于同时期的山水游记颇有相通之处，都描写的是一种孤寂凄冷的美。这当然与其心境是有关系的。年轻时，诗人曾积极参与永贞革新，本来满怀壮志，渴望为国效力，但是改革却以失败告终，自己也被贬于偏僻的蛮荒之地。于是，柳宗元性格中的另一面完全地被释放了出来，观照于他的文学作品中，便形成了其诗歌及后期文章中幽寂凄冷的风格。

悯农千载有余情

悯农二首 · 其一

【唐】李绅

春种 / 一粒 / 粟（sù），秋收 / 万颗 / 子。

四海 / 无 / 闲田，农夫 / 犹 / 饿死。

【解读】

　　李绅是中唐新乐府运动的倡导者之一。所谓新乐府运动，由唐代诗人白居易、元稹等所倡导，主张恢复古代的采诗制度，发扬《诗经》和汉魏乐府讽喻时事的传统，使诗歌起到"补察时政""泄导人情"的作用，强调以自创的乐府题目咏写时事。新乐府运动最重要的代表人物是元稹和白居易，但是首倡者却是李绅。只是李绅所做的《新题乐府二十首》因为种种原因亡佚，故而其名声远没有元白二人大，甚至不如另外的两位代表人物张籍和王建。李绅最为人所知的作品是《悯农二首》中的第一首："锄禾日当午，汗滴禾下土。谁知盘中餐，粒粒皆辛苦。"

这首诗的知名度之高，可以说，现如今凡有华人处，即有此诗。其最警醒人之处在于将农民的辛勤劳作与千家万户的一日三餐两幅画面直接相连，省去了中间的过渡阶段，给人以更直观、更触目惊心的感觉。因为这首诗，李绅得了"悯农诗人"的雅号。实际上，除了上文提到的这一首外，《悯农二首》中的第二首也颇警醒。

"春种一粒粟，秋收万颗子"两句，描写了一个让人十分喜悦、充满希望的丰收场景。"一""万"对举，略有夸张，其本意为按照正常情况，农民每年的收获要养活一家人是绰绰有余的。因为只要春天播下一粒种子，到了秋天就能收获万颗粮食。每个农民每一年都会播下许多种子，那么，收获的粮食就非常之多了。怎么可能养活不了一家人呢？

"四海无闲田，农夫犹饿死"，四海之内的农民，每年都会辛辛苦苦地在自己的田地里耕耘，没有哪个农民会舍得让自己的土地白白荒废。按照"春种一粒粟，秋收万颗子"推断，那么四海之内的任何地方，每一年都不应该有饥荒，事实却是：虽然四海之内的土地上都有农民"锄禾日当午，汗滴禾下土"，但还是有不少的农民凄惨地饿死了。农夫被饿死，不是因为自己不够勤劳，那是因为什么？在农民辛勤劳作和被饿死之间，一定存在着什么因素。这个因素，并不深奥，只要稍加追问，就可以知道，这主要是因为加在农民身上的种种苛捐杂税。农民用来养活一家人的粮食都被以各种理由征收走了。

这首诗虽然算不上一首典型的新乐府诗，但是却与新乐府运动所提倡的"文章合为时而著，歌诗合为事而作"的主张暗合，这并不是偶然的。新乐府诗"补察时政""泄导人情"的作用，这首诗也同样具有。从《悯农二首》中，可以看出李绅其人的社会责任感，其"悯农诗人"的雅号也与此相关。孟子有云："恻隐之心，人皆有之。"又云："人皆有不忍人之心。……以不忍人之心，行不忍人之政，治天下可运之掌上。"此处所谓恻隐之心、不忍人之心大概即是李绅悯农之心的出处。儒家认为，这种心态便是可以天下大治的必备心态。

汗珠滋养稻花香

悯农二首·其二

【唐】李绅

锄禾 / 日 / 当午，汗滴 / 禾下 / 土。
谁知 / 盘中 / 餐，粒粒 / 皆 / 辛苦。

【解读】

如果说《悯农二首·其一》是从宏观的角度来说的话，那么这一首就是从具体而微小的角度来说的：从"春种一粒粟"到"秋收万颗子"的过程中，农民付出了怎样的劳动。

"锄禾日当午"，并不是说农民只有在烈日当空的时候才出去劳动，而是说即使烈日当空，也必须坚持劳动；也许，他已经从一大早就在地里忙活，直到烈日当空。再发挥一下想象力，诗人截取的是烈日当空时的一幅劳作画面，而生活不可能只有这幅劳作画面。只要是播种的季节，无论晴天雨天，都需要去劳动。

　　"汗滴禾下土"，在田里辛勤劳作的农民，汗水一滴滴掉下来，滴进泥土里。他们日复一日，年复一年，就是如此辛苦。这里写的显然不是一个个体，而是中国农村千千万万农民的群像。中国自古以来就是一个农业大国，农民在某种程度上是养活了这个国家的人。所以古代有"一夫不耕，或受之饥"的说法。

　　"谁知盘中餐，粒粒皆辛苦"，从前两句的田间地头，直接写到了家家户户的餐桌，省掉了中间种种环节的用意，就是把每个人面前碗里的每一粒饭，都和农民滴在土地上的每一滴汗水联系起来，虽然简单粗暴，却是触目惊心。

　　也正因如此，这首诗的教育意义才更大，更直观。直至今日，在大大小小的酒店餐馆、学校食堂，常常会出现这首诗的身影。最简单直接的才是最有教育意义的，这首诗即是一个典型代表。

白发三千诉颜红

行 宫

【唐】元稹（zhěn）

寥落 / 古 / 行宫，宫花 / 寂寞 / 红。
白头 / 宫女 / 在，闲坐 / 说 / 玄宗。

【解读】

所谓行宫，指古代帝王出行时居住的宫室，也指帝王出京后临时寓居的官署或住宅。历朝历代，这样的行宫处处都有，人员配备也很齐全，但既然只是皇帝出巡时临时寓居之处，那么皇帝经常驾临的可能性就不大。元稹这首《行宫》写出了此类行宫中宫女们的凄苦生活。

"寥落古行宫，宫花寂寞红"二句，首句着"寥落"二字，写宫殿内空空落落几无人声；次句着"寂寞"二字，状宫殿里花开花谢、年复一年，虽有着美丽的生命却无人赏识的情态。句中提到的"古行宫"，可以确指某一处行宫，亦可理解为天南海北无处不在的其他行宫。下一"古"字，便可见除了无处不在，存留时间也已很久远了。这些行宫的普遍状态，即是宫殿寥落，宫花寂寞。有论者云：一切景语皆情语。此处写行宫宫殿及宫花，未尝不是写生活在这宫殿里的人。她们每天的生活范围就在寂寥无人的宫殿，每天陪伴她们的就是那自开自落、自生自灭的宫花。但，与宫殿和宫花相比，她们的生命，岂非更加凄苦和悲惨？

果然，后两句，诗人直接写到了行宫中的宫女们："白头宫女在，闲坐说玄宗。"她们的头发已经白了，可见，从最美好的二八芳华被选进宫里算起，已经过了许多年了，久到她们自己根本不知道已经过了多少年。当初进宫时，她们该是怀有多少美好的愿望啊！但事到如今，即使头发都白了，也只能与同伴聊一聊玄宗当年在这里住过的事情。

此诗，可与白居易《上阳白发人》相参。在那漫长的见不到皇帝的日子里，她们的人生应该是这么过的："宿空房，秋夜长，夜长无寐天不明。耿耿残灯背壁影，萧萧暗雨打窗声。春日迟，日迟独坐天难暮。宫莺百啭愁厌闻，梁燕双栖老休妒。莺归燕去长悄然，春往秋来不记年。唯向深宫望明月，东西四五百回圆。"相比来说，她们算是幸运的，因为皇帝终究还是来过这里的，那曾经经历过的一场热闹是她们永久的快乐回忆；在广阔土地上的其他行宫里，有多少宫女根本连皇帝的面都见不到，就那样悲惨地度过了她们的一生。

此诗五言四句，只有二十个字，显得无比含蓄。但许多的情感，许多的苦楚，说不清道不明；也无须明言，无须多说，不尽之味尽在其中。

暖炉温酒待知己

问刘十九

【唐】白居易

绿蚁 / 新醅（pēi）酒，红泥 / 小火炉。

晚来 / 天 / 欲雪，能饮 / 一杯 / 无？

【解读】

"酒逢知己千杯少"，在一个人的生活中，酒和朋友往往是不可或缺的。悲伤的时候有朋友相伴，悲伤会减半；快乐的时候有朋友分享，快乐会加倍。这首《问刘十九》便是白居易邀约朋友共饮的一封短笺。语言浅白，情意却醇浓醉人。

诗歌开篇，先营造了一个暖意融融的氛围：诗人吩咐仆人备下了刚刚酿好的新酒，连酒渣都还未曾过滤干净。泡沫状的酒渣漂浮在米酒上，色泽微绿，细小如蚁。这新酒的味道，闻起来真是十分的醇厚香浓。用于取暖的小火炉也已经生好了。简单朴素的红泥火炉中，跳动着红红的火焰，随着炉火越来越旺，房间里也逐渐暖和起来了。此即"绿蚁新醅酒，红泥小火炉"。

接下来的"晚来天欲雪"句，在这首小诗中，起着很重要的作用。前两句之所以写备酒、烧火炉皆是因为下雪了，天气有点儿冷。冬天的夜晚，天气本来就已经非常寒冷了，加之眼看大雪就要降临，更是让人感受到冷飕飕的寒意扑面而来。酒可以驱寒，火可以取暖。因而诗人命人备好了新酒，燃起了火炉。一切准备就绪之后，红红的炉火映衬着绿色的新酒，也许诗人已经坐在了火炉前举酒欲饮，却忽然间停了下来，是少了些什么吗？是的，自己一个人着实孤独了些。想起朋友刘十九，于是赶紧写了这首小诗，看朋友能否前来共饮一番。

不必考证刘十九究竟是何人，只要知道他是白居易此时此刻首先想起并急切想要邀约的朋友就足够了。得以在这样的一个夜晚，这样的一种氛围下被邀约，可见这位朋友是知己。虽历经千年，但是人与人之间基本的情感礼节是不会改变的。例如，在白居易所营造的这种氛围中，所邀约的如果不是知己，必须考虑到对方是否有时间，自己所准备的这些东西是否太寒酸，忽然之间的邀请是不是太唐突、太冒昧等。既然诗人以尚有酒渣的新酒来招待这位朋友，且并无任何犹豫，定是十分相熟、非常知心的朋友。

诗歌至此结束，并未继续写朋友有没有回信、有没有前来赴约，但是我想，有这么真挚的情意相伴，刘十九肯定会即刻飞奔前来。绿蚁新酒、红泥火炉、知己好友，二人围炉把酒，畅所欲言，有什么比这更惬意、更舒心、更能消去彼时的寒意呢？酒固醉人，炉亦温暖，但还是比不上浓浓的友情更加让人心醉。

偷采一船心头好

池 上

【唐】白居易

小娃 / 撑 / 小艇（tǐng），偷采 / 白莲 / 回。

不解 / 藏 / 踪迹，浮萍 / 一道 / 开。

【解读】

这是一首充满童趣的小诗，仿佛可见诗人笑得一脸慈祥。

首句中的"小娃"，不限男孩儿女孩儿，或许年纪尚小看不出是男孩儿女孩儿，总之呢，是一个卖力划着一艘小船的娃娃。"撑"字，见其力气不足，为划动小船，全身都在使劲儿的样子。这个娃娃是做什么去了呢？"偷采白莲回"，原来是偷偷采摘白莲去了，一个"偷"字，可见其除了要费力撑船，还要东张西望以防被人看见。小娃何以要去采白莲，诗中没有明言，但小娃的心思并不难猜。如此提心吊胆也想要获得的东西，自然是因为喜欢。小娃心底那份纯粹，就好比白莲般洁白无瑕。一艘小船、一个小娃、一船白莲，画面是多么天真浪漫、美丽无瑕！

　　大概得偿所愿，小娃非常开心，虽然意识到自己是"偷"采，东张西望生怕别人看见，但究竟年纪尚小，还没有那么多的生活经验，所以如何若无其事、不动声色地把船儿划回原位，把采来的白莲处理好，并不是这个娃娃能解决的。所以后两句，这个小娃娃终于还是露馅儿了，他费力地撑着小船，载着满船白莲，在满塘的浮萍间开出一条水道，回来了。

　　可以想象，看见池塘里的白莲开得漂亮，这个娃娃满心喜欢，悄悄盘算着去采一船回来；知道自己力气小，出去的时候选了一条小船；悄悄地划着小船到了池塘里，心满意足地采了一船的白莲往回返；一方面装满白莲花的小船变重了，另一方面知道自己是偷采，所以一边用尽全力撑船一边观察周围情况；但终究还是因为缺乏生活经验，露了馅儿。

　　小船肯定是被发现了，那一船的白莲估计也难以幸免，至于这个小娃，虽然诗人没有继续写下去，但可以想象，能够做出这种淘气事的小孩儿，其家教定然不至于过分严肃板正。可以想见父母发现此小娃的顽皮后，定然一脸无奈，一脸笑容，摇摇头，看看小娃，不了了之。想来诗人和小娃家长的样子，和许多父母都是一样的吧！

乐莫乐兮得知己

视刀环歌

【唐】刘禹锡

常恨 / 言语 / 浅，不如 / 人意 / 深。

今朝 / 两 / 相视，脉脉 / 万重 / 心。

【解读】

很小的时候，这样的诗，我会毫不犹豫地将之划为情诗，仿佛只有爱情，才有如此地动人心魄。时至今日，方才深有感悟，此等诗的含蕴，何止于爱情那么简单？

言为心声，但言常不能尽意，亦人所共知。因言之有限与意之难穷本就是一对难以调和的矛盾。故"常恨言语浅，不如人意深"便是真理，诗人此言，可谓是人生经验的无奈总结。

你若不信，试看"今朝两相视，脉脉万重心"。这两句可作两解：像今日所面临之局面，两人之间只能相视无语，心中万般情思、千种愁肠如何解得开，怎样说得出？这种解释，其实稍微隔膜了些，因而情感相应来说就没有那么深刻。另一种解释在此基础上稍有深化：亦是相视无语，但却无前之窘迫，而是两人之间，你知我心，我解你意，无须言语这种介质。细想之下，如此情感，说惊心动魄并不为过：明明是一个人内心深藏的九曲回肠、喜怒哀乐，另一人一望之下，竟然事无巨细、情即纤毫均可——明了。怎不惊心，怎不动魄？

　　"人生得一知己足矣，斯世当以同怀视之"，鲁迅先生此联为知己瞿秋白而书。"知己"一词，岂不是个异常美丽的词？人世间有多少情感可与之相提并论？想来，当得起"知己"一词的人之间，无论是理想、智慧、胸怀等诸多要素，都须处于同一水平线上，但凡有某一个要素不相当，便难以成为知己。若说有什么要素是不重要的，或许恰是世俗所谓性别、财产、年岁云云。此等知己，能遇到已着实不易，更不要说能拥有，那除了说幸运，更多的是幸福。性别、财产、年岁等一望而可知，理想、智慧、胸怀等却非深交无以理解，故而知己难求，是真难求。一旦求得，便可一世，比爱情等要牢靠得多。究其原因，乃是由于精神要求的高尚性。从这个意义上说，知己与现今颇为流行的"soulmate"同义。

不平则鸣示霜刃

剑　客

【唐】贾岛

十年 / 磨 / 一剑，霜刃 / 未曾 / 试。
今日 / 把示 / 君，谁有 / 不平事？

【解读】

此诗有两个层面的解释。

第一个层面，字面所展示的含义：诗题为《剑客》，即一个剑术颇为高明的人。对于这个人而言，剑作为生活必不可少的组成部分，扮演着重要角色，因此他对待剑的态度一定非常慎重，所以有第一句"十年磨一剑"。为了一把称手的宝剑，用了十年时间细细打磨，终于有所得。剑一出鞘，便寒光森然，剑刃白如霜，一望便知此剑非同一般。只是这把花大量时间精心磨砺的宝剑，始终没有机会试剑。"今日把示君"也并不是今天终于有机会了，或许只是诗人实在等不到试剑的机会，只好选了一个日子，主动拿出来展示：大家看看，这把剑是不是非常锋利？若是有谁遇到了不平之事，不妨说出来，此剑一出，必能铲除不平。

第二个层面，则是字面之下隐含的深意。古代文人士大夫追求修身齐家治国平天下，为此，十年寒窗。十年时间，诗人应该学得了满腹经纶，有满心抱负，欲货与帝王家。可是一直没有机会一试身手。终于，诗人等得不耐烦了，决定主动出击。就选在了今天，他决定尽量展示自己浑身的本领才华，希望见到听到的诸君能珍惜人才，给他机会，或者多加推荐，他这一身才华定然可以尽数施展，毫无保留。

古代文人士大夫出仕之前，常常有漫游干谒之举，以扩大知名度，获取名人权贵的推重，为出仕奠定良好的基础。干谒之时，往往以自己所作的诗文作为投赠的媒介，这一首诗，应该就是贾岛写来投赠给权贵的。所以写得虽含蓄却自信，实属上佳之作。

巍巍青松显高洁

寻隐者不遇

【唐】贾岛

松下 / 问 / 童子，言师 / 采药 / 去。
只在 / 此山 / 中，云深 / 不 / 知处。

【解读】

贾岛的诗歌与孟郊并称，有"郊寒岛瘦"之誉，以苦吟闻名。贾岛早年曾出家为僧，因才华被韩愈赏识，还俗做官。据诗意推断，本诗应当作于早期。

诗题为《寻隐者不遇》，所叙事件已然明了：去找寻拜访一位隐居高人，却没有见到目标人物。读者见此，不免好奇，遂产生进一步的疑问：诗人去哪里找人？隐者去了哪里？做什么去了？这一系列问题，读者好奇，诗人自然也想知道，诗句便按这个逻辑组织起来了。

诗人去找人，人不在，但见此人住处多植松树。松在我国古代，是高洁、坚贞、坚强等品行的象征。此处松树很多，主人的品行可以想见。有童子在松下留守，于是诗人问道：你师父干什么去了呢？

童子答：我师父采药去了。采药一事，此人是亲力亲为的。要采到珍贵的药材，想来也颇不容易。这个回答，从一个侧面印证了此人的品行。

后两句，诗人应该接着向童子询问了：你师父去哪里采药了呀？童子回答：我只知道师父肯定在这座山上，但是因为山上云雾缭绕，迷迷蒙蒙，所以无法得知师父具体的位置。"云深不知处"，暗示的是此人去处的高远。古人采药，是为炼丹；炼丹所为，修身养性。

诗人慕名而来，不见其人，见松知其节操；求问去处，入山采药，闻而知其志向；山高云深，难见其影，想而知其高洁。

在诗人和童子的对话中，隐者的形象逐渐丰满，颇有"高山仰止，景行行止，虽不能至，心向往之"的韵味。

马踏清秋壮行色

马诗二十三首·其五

【唐】李贺

大漠 / 沙如雪，燕山 / 月似钩。

何当 / 金络（luò）脑，快走 / 踏 / 清秋。

【解读】

李贺，有"诗鬼"之称。其才华出众，却因父名晋肃，与进士科相冲这个十分荒唐的缘故，终身无法通过参加科举考试晋升，所以一生非常郁闷。我国古代知识分子受传统教育影响，都有修身齐家治国平天下的理想，李贺也不例外，这首诗就很能体现他的豪情壮志。

"大漠沙如雪"描绘的是战场景象：诗人站在某处，一眼望去，广阔的战场一望无际，茫茫黄沙如雪。着一"雪"字，突出了战场的清冷。何以如此清冷？"燕山月似钩"，原来是因为在夜晚月色的笼罩下产生的错觉。第二句除了解释首句何以"沙如雪"外，更进一步表现了当诗人的视角从平视远望转成了仰望，发现头顶的月牙好像一把弯钩。

清冷广阔的沙雪和尖锐的月钩，给人一种肃杀的感觉。虽如此，但李贺本人并没有去过边疆，这是诗人根据自己的想象营造出来的。"燕山"表明诗人忧心的是东北边境，李贺生活的时代，东北边境藩镇拥兵自重割据一方，几成朝廷毒瘤。所以一个"钩"字，能把人立刻带到边境肃杀的氛围中去，也能体现出李贺的报国之志。连绵不断的燕山之上，一钩弯月当空；清冷月光之下，茫茫平沙如雪。诗人就着一钩弯月，兴起了报国之志。

后两句，诗人仿佛化身一匹千里马，渴望黄金制成的马鞍笼头，在清秋时节，草黄马肥之际，以精良的装备、超强的战力投入一场保家卫国的战争。一个"踏"字，将诗人渴望长驱直入，建不世之功的豪情壮志写了出来。

大厦将倾无力回

乐游原

【唐】李商隐

向晚 / 意 / 不适，驱车 / 登 / 古原。

夕阳 / 无限 / 好，只是 / 近 / 黄昏。

【解读】

李商隐是晚唐最重要的诗人之一，他以多而无解的《无题》诗留名于世。这首小诗也是他非常著名的诗歌之一。

"向晚意不适，驱车登古原"两句，非常浅白。意思是天将傍晚的时候，自己的心情不是特别好，因而赶着马车登上乐游原。登高为了抒怀，这是古人登高的重要原因之一，李商隐自然也是想以此改变一下自己的心情。

但是眼前展现出的却是："夕阳无限好，只是近黄昏。"傍晚的夕阳是那么的美好，但可惜已经接近落山的时间了，如此美好的风景自己并没有办法将它留住。原本希望通过登高平复自己的不快，没想到心情反而因为看到的风景更加低落了。

这首诗歌如此理解也无不可，但细细追究，发现其内在深意远不止此。晚唐时期，社会危机异常严重：宦官专权、藩镇割据、战争频仍、赋税沉重、饿殍遍野……王朝本身却已没有自救能力。因而，此诗中的"夕阳"，除了指现实中的太阳外，还象征着大唐帝国。以即将落山的夕阳象征一个国家，说明这个国家国运将颓，如日薄西山，难以挽回了。而李商隐以"无限好"写之，除了说夕阳即将落山的时节光景甚佳之外，还指这个国家虽然已经接近灭亡，但是它毕竟是自己热爱的祖国，所以内心对它充满眷恋之情。然而，虽有眷恋之情，却无法阻止其日落西山的命运，也即帝国大厦将倾，无论再做何种努力都是徒劳无功的。

吴经熊先生有《唐诗四季》一书，以四季言四唐。说到晚唐时，以冬季喻之："冬季的内心是充满惨痛，但其外貌却美得迷人。它的血是热的，但是它的外表却像石膏雕成的老人。""冬季以化妆为念。"窃以为此论既新颖也十分有理。即如李商隐、杜牧、温庭筠的诗歌，内在的情感是十分深刻的、悲怆的，但是却出之以清新美丽的语言，因而显得非常婉转。吴先生还说，冬季的内心充满着"无力的愤怒"。那是一种末日已到的感觉，也即帝国大厦将倾，只有神迹方能将这世界从灭亡中救出，而天下又无神迹。因而说到底，李商隐此诗中所包蕴的寓意是非常残酷的。美丽消亡，徒叹奈何；大厦将倾，无力回天。虽则曰国家兴亡，匹夫有责，但是一介匹夫，如何能挽狂澜于既倒？这种深深的无奈无力只有身处末世的人才能体会得到，才能写得出。乐游原上那个背着双手驼着背无奈地看着夕阳的人，该是如何痛彻心扉啊！他那不适的心情想来此时应该陷于绝望了。

双泪长流叹岁年

宫词二首·其一

【唐】张祜（hù）

故国 / 三千 / 里，深宫 / 二十 / 年。

一声 / 何满子，双泪 / 落 / 君前。

【解读】

这是一首凄惨绝伦的诗歌，主角是一个宫女。诗人既没有写她的外貌，也没有写她的性格，而是从她的处境说起。

"故国三千里"，此女家乡远在三千里之外，能被选入宫中，想来相貌应该非常出众；可是既然入选宫闱，就必然要承受与亲人生离死别的痛苦；若是入宫后可得皇帝恩宠，或许还可以聊作慰藉；否则，就只能像元稹《行宫》中的那个宫女一样，在漫长的人生里，依靠诉说偶尔一次与皇帝碰面的回忆来虚度年华，度日如年。

"深宫二十年"，幸运没有眷顾她，此女在深宫中已然虚度了二十年的光阴,完全没有得到皇帝的青眼,只有满满的凄凉。

空间上的三千里,时间上的二十年,将此女置于极其悲惨的境地:在二十年这么长的光阴里,女子无人陪伴,默默地看着自己美好的青春年华缓缓流逝,年华虚度,无法挽留。

第三句,不像其他女子逆来顺受,这个女子将她心中的悲哀怨愤直接抒发了出来。《何满子》是当时流行的教坊曲,音调凄惨绝伦,这个女子弹奏起了《何满子》,将郁结心中多年的情感借曲子宣泄了出来。

但是,你直白地宣泄是一回事,你怨恨的对象能不能接收到是另一回事。第四句,"双泪落君前",有人说,直接在皇帝面前弹奏曲子,并且落下眼泪。我认为,弹奏曲子抒发感情是真,是不是在皇帝面前有待商榷。毕竟,此女已经二十年未得皇帝垂青了,怎么可能有机会在皇帝跟前弹唱曲子哭诉落泪呢?因此,女子确实弹唱了曲子,也确实落下了眼泪,但是却并没有在皇帝面前,所以第四句中的"君",只是女子想象出来的一个幻象而已。女子孤独地弹奏演唱,默默地一个人流泪才是真相。因此,后两句不仅没有达到宣泄的效果,反而翻出一层,使女子陷入了愈加悲惨的境地。

古诗中之所以常常有这一形象的描写,是因为现实中真实存在这一类人。每一首如此凄切的诗歌后面,都是千千万万美好却无望的灵魂。

瑞雪虽至年不丰

雪

【唐】罗隐

尽道 / 丰年 / 瑞，丰年 / 事 / 若何？
长安 / 有 / 贫者，为瑞 / 不宜 / 多。

【解读】

罗隐是唐末五代诗人。当时唐朝已经陷入了风雨飘摇的境地。这首小诗，颇能比得白居易的《卖炭翁》。

"瑞雪兆丰年"是农民冬天看到雪的时候对丰年的一种祈盼。可是此诗第一、二句，显然是反其意而用之：都说瑞雪兆丰年，可是就算是丰年，你们又知道具体的情况是如何的呢？诗人的反问当中，明显透出一股愤愤不平。可见这两句诗是有特定指向的，结合三、四句可知，是与长安贫者相对应的长安富者。长安下了好大一场雪，这些身着裘皮大衣，在高门华屋里尽情享受的人，禁不住赞叹道：瑞雪兆丰年啊！若是这样的赞叹由农民口中说出，也许是真正的喜悦，可是由这些富者说出，则一来有不知民间疾苦之嫌，二来有喜于来年有可盘剥之意。他们并不真正了解丰年和歉年于农民来说意味着什么。

所以，前两句看似简单，却含义丰富：若是没有前两句丰富的内涵为基础，对后两句的理解也会偏于浅薄，会觉得罗隐吹毛求疵。

三、四句，诗人笔锋一转，描写的对象从富者转向贫者：长安那么多贫困的老百姓，这大雪就算堪称瑞雪，也不能下得太大啊！何以如此？因为长安贫困的老百姓没有足够的衣物御寒，没有足够的食物果腹啊！

不能不说，罗隐是有悲天悯人、推己及人的心态的；虽如此，他毕竟是作为旁观者，而农民一定更愿意天气更寒冷一些，就好比《卖炭翁》中所说：心忧炭贱愿天寒。可问题是，长安这么多贫者，是真的从来没有遇到过丰年吗？显然不是，那么，在丰年时农民身上到底发生了什么，就可想而知了。

感叹"瑞雪兆丰年"的不是与粮食丰歉息息相关的农民，而是富者；祈望雪不要下那么大的也不是农民，而是一个同情农民的旁观者。若是谴责长安富者不知民间疾苦，不懂设身处地为农民考虑的话，那么其实罗隐也并没有真正从农民的角度来考虑这个问题。虽然，罗隐撕下了长安富者的假面具，但作为连温饱问题都解决不了的农民，他们也必然在严寒中瑟瑟发抖地祈祷雪大些、再大些，来年是个丰收年，可以少受点儿苦！

小中见大忧民心

江上渔者

【宋】范仲淹

江上 / 往来 / 人，但爱 / 鲈鱼 / 美。

君看 / 一叶 / 舟，出没 / 风波 / 里。

【解读】

　　范仲淹是北宋政治家，他在文学史上以《岳阳楼记》闻名，其"不以物喜，不以己悲""先天下之忧而忧，后天下之乐而乐"的精神，影响了后世许多知识分子。这一首小诗，以小见大，也能看出他的忧国忧民。

　　诗题意为江上打鱼的渔夫，提笔却从别处着眼：那江上来来往往的人们啊，没有谁不喜欢那鲜美嫩滑的鲈鱼吧！不写渔夫，却写江上来来往往的行人；不写打鱼，却写行人喜欢吃鱼。是鲈鱼把打鱼的渔夫和江上往来的人联系了起来。

　　吃着鱼的人，只赞叹鱼的鲜美嫩滑，却并不知道，那一条

小中见大忧民心

139

条的鲈鱼，都是渔夫在大风大浪里辛辛苦苦冒着生命危险打上来的。

　　诗写得很含蓄，并没有很明确指责什么人，隐隐的责备也都藏在诗句里，读完，却能使人陷入沉思。作为有情怀的文人士大夫，能够由此及彼、推己及人地做到这一点，是很不容易的。

　　这一首诗堪称《悯农二首·其二》"锄禾日当午"的另一个版本，可名之为《悯渔者》。二者不仅写法相似，且其中的忧民之心也并无差别。

立此存照为陶者

陶　者

【宋】梅尧臣

陶尽 / 门前 / 土，屋上 / 无 / 片瓦。

十指 / 不 / 沾泥，鳞鳞 / 居 / 大厦。

【解读】

陶者是从事烧陶的手工业者。他们或者烧制陶器，或者烧制瓦片。诗中所言应该是烧瓦工人。

前两句着眼点即在烧瓦工人身上：他们挖土制陶，每天辛苦劳累，把门前的土都挖完了。可见，他们应该是烧制了很多瓦片。但是他们自己的屋子却无片瓦遮头，不得不过着很贫穷的生活。何以他们付出了那么多，却落得如此下场呢？到底发生了什么？

带着这样的疑问读下去，诗中出现了另外一些人"十指不沾泥"，这可以理解成一个特写的细节镜头：一双白嫩纤细甚至有些孱弱的手。这些人，显然生活富裕，不必亲自参与劳动，每天过着锦衣玉食的生活，住着富丽堂皇的大房子。何以他们从不参与像制陶这样的劳动，却可以住在豪华奢侈的大房子里呢？

诗人只是客观地写了两种人的生活和他们的居住条件的差异，自己如何看待未置一词，但读者却可以在这样的对比中，看出作者的态度。

宋代知识分子的政治参与度是最高的，宋代文人的地位也是历代最高的，因此，宋代许多文人士大夫修齐治平的理想在很大程度上得到了充分的体现。这从他们诗文中所流露出的那种社会责任感就可以看出。此诗也颇能体现出梅尧臣的担当。

推己及人忧民心

蚕　妇

【宋】张俞（yú）

昨日／入／城市，归来／泪／满巾。

遍身／罗绮（qǐ）／者，不是／养蚕／人。

【解读】

在我国古代，男耕女织，共同维系了社会的稳定发展。古有"一夫不耕，或受之饥；一女不织，或受之寒"。儒家思想主张妇女应具备德言容功四德，其中妇功便包含丝枲。此诗中的蚕妇，便是以自己双手养蚕卖丝为生的妇女。此诗设身处地，从一个从业者的角度，叙写社会的不公平。

首句回忆前一天的事情。其中的"城"和"市"是两个词，市在城里，是买卖货物的地方。这位蚕妇说，自己昨天去城里的市场上卖丝。回来以后，泪水湿透了手巾。

何以如此？这个蚕妇是受到了什么委屈吗？带着这样的疑

问看下去，我们看到了答案：城里那些穿着绫罗绸缎华贵衣服的人，居然没有一个是养蚕人。

自己辛勤劳动，几无收获；他人无须劳动，坐享其成。"劳而不获"和"不劳而获"之间，到底是什么在作祟？在这样的对比中，蚕妇看到了极其不公平的社会现实，无能为力又无可奈何之下，除了为自己的命运悲泣，还能如何？

从诗人选择的描写对象可以看出宋代文人对社会的关注面和关注度比之前有所提升。作为对社会问题的描写，这首诗同样体现了诗人的社会责任感，儒家思想推己及人的忠恕之道，在这首小诗中体现得淋漓尽致。

绝世之人绝世心

梅　花

【宋】王安石

墙角 / 数枝 / 梅，凌寒 / 独自 / 开。

遥知 / 不是 / 雪，为有 / 暗香 / 来。

【解读】

比起诗人，我更愿意称王安石为政治家。毕竟，王安石变法无论何时人们提起来，都不得不赞叹，是改变国家命运的一次强力尝试。王安石钢铁般的意志，从这首小诗中也可见一斑。

前两句写几枝梅花面对这个世界的姿态：位置是墙角，毫不起眼，无人关注更无人欣赏。可梅花却不因此妄自菲薄，依然傲然挺立于世间；环境是严冬时节，十分酷烈，可梅花不在意寒冷的侵袭，一个"凌"字，其挺拔的风姿跃然纸上；"独自"二字本无甚特别，可一旦结合前面的"墙角""凌寒"，这两个字便带上了一股倔强、一股不认输的刚强气质。独自又如何？严寒又如何？墙角又如何？我依然是这个世界上独一无二的存在。

如果说前两句侧重的是外在的姿态，那么后两句侧重的就是内在的品格：远远看去，只是一片雪白，可诗人却知道那不是雪，因为早有一股幽香暗暗沁人心脾，令人心旷神怡。即使是在恶劣如斯、无人欣赏的境况下，梅依然花开如故。

此诗确实是在写梅，却不止于梅。毕竟，美人香草的传统在前，梅所象征的凌霜傲雪、坚贞顽强，不正是诗人品格的象征吗？

此梅堪称绝世，而能创造此绝世之梅者，也必是一绝世之人。王安石当之无愧。

画眉张敞今天涯

寄 内

【宋】孔平仲

试说 / 途中 / 景，方知 / 别后 / 心。
行人 / 日暮 / 少，风雪 / 乱山 / 深。

【解读】

此诗乃诗人被贬途中寄给家中妻子的。我国古代男尊女卑，夫妻之间讲究的是相敬如宾、举案齐眉。相对来说，不够亲密。而这首诗所体现出的感情，却有些特别。

常言道：好出门不如赖在家。一般来说，一个人在外的日子总是不如在家中舒服。更何况，诗人是被贬，心情就更加凄惨。这种凄惨，在他途中看到各种风景的时候感受就更加深刻，也会让他更加想家。

因此开篇诗人就说：我要跟你说说我沿途看见的风景，真是处处都能触动我的心事啊。这个语气，是对亲近且依赖的人才有的。可以想象，孔平仲一定是把各种事都跟妻子分享的那种人。因此这两句，颇有点儿很久没分享，觉得生活都索然无味的感觉：自从离开家以后，我对家乡和你的思念就没有停止过啊！

想起一句话：你在我身边时，你是一切；你不在我身边时，一切是你。对于诗人而言，大概此时此刻触目所见的一切，因为妻子不曾见过，都想与她分享吧。日暮时分，路上已经没有几个行人了，要在平时，我应该都回到家中了，可是此时，我却还在赶路。大风凛冽，大雪纷扬，以"乱"写"山"，可见风吹大雪，天地迷迷蒙蒙一片，山上的树木在大风吹拂之下东倒西歪，一片狼藉。不难想象，诗人此时该是多么想家啊！家中的一切，该是多么温暖啊！

诗于此戛然而止，但能够想象得到，他的妻子收到诗之后，该会多么担心。而这份担心，或许正是孔平仲希望得到的那份牵挂。忽然想起《逢雪宿芙蓉山主人》中那个行路人，他在风雪之中找到了一个温暖的可以投宿的地方；而此时还在赶路的诗人，在这场风雪中，仿佛永远找不到方向，永远到不了要去的地方，思之令人断肠。

不让须眉李易安

夏日绝句

【宋】李清照

生当 / 作 / 人杰，死亦 / 为 / 鬼雄。

至今 / 思 / 项羽，不肯 / 过 / 江东。

【解读】

作为中国文学史上有名的才女，李清照以词名世。她的诗不多，但是也有颇有名的作品，例如这首《夏日绝句》。从诗歌所反映的情感来看，应当作于诗人创作的后期。

前两句颇为雄壮："生当作人杰，死亦为鬼雄。"意即活着要做人中豪杰，死了也要做鬼中英雄。不能忘记，李清照是一名女子，我国封建社会是男性中心社会，女子所受的传统教育，只是三从四德而已。一般而言，作为一名女子，若是处在安定繁荣的政治环境中，无论如何是不会有此豪言的。到底是什么样的情境，让一位女诗人发出此种豪言？按常情推断，让她发出这样豪言壮语的时代，一定是满目疮痍，让她恨铁不成钢，诗人爱之深、责之切，才希望有人杰、鬼雄之类的人物来拯救国家和万民于水火。

李清照生活的时代，是北南宋之交。她经历过靖康之难，眼见统治者不战而降，将长江以北半壁江山拱手让于金人的极端软弱的行为。尤其凄惨的还不是拱手将国土让人，而是一步步地退让给普通老百姓带来的灭顶之灾。正是由于统治者的这种行为，导致多少老百姓家破人亡、妻离子散，导致她的后半生流离失所。在眼见耳闻、亲身经历的种种遭遇的刺激下，诗人不禁想起了项羽："至今思项羽，不肯过江东。"项羽兵败垓下，突围后行至乌江时，本来是有机会渡过江东卷土重来的，但是他却选择在此结束自己轰轰烈烈的一生，原因是"无颜见江东父老"。这种精神，说得好听一点儿是负责任，说得不好听一点儿是迂腐。古往今来，多少人吟咏项羽，主张其应当过乌江者有之，主张其不应过乌江者亦有之。主张过江者，往往是惋惜其出色的军事才能被如此断送；主张不过江者，则是着眼于其负责任的心态。李清照即是主张项羽不过江东。何以如此？当然是在赞扬项羽为自己的失败负责的态度。但是除此之外，还有一层深意，诗人借项羽讽刺当时的军事将领。在南渡的过程中，大宋的将领几乎没有几个固守自己的城池，往往弃城而逃、仓皇渡江。所以，李清照的这两句诗，是痛心大宋王朝没有像项羽这样肯誓死卫国，不轻易弃城，同时愿意为自己的失败负责任的将领。而之所以有如斯将领，是与当时的统治者的政治主张分不开的。看似简单的诗句中，饱含着诗人多么深切的爱国热望啊！作为一介女流尚且有如斯胸怀，那些处于社会中心置国家利益于不顾的男子可曾感到羞愧？

李清照，曾经有过那么幸福的青少年时期！如今，却飘零憔悴，颠沛流离，转徙于江湖间。或许是以往那已经如烟的幸福让她眷恋，或许是今日这逃亡的痛苦让她痛恨，所以她希望有人杰、鬼雄出现。但是在我看来，却觉得这无疑小瞧了李清照。我更愿意说，这个曾经吟咏着自己小小幸福的弱女子，本身就有着善于关注周围世界的慧眼。只是幸福和美好掩盖了她的胸怀；当风雨飘摇国破家亡的乱世展现在她面前的时候，她的胸怀才被凸显出来。这对于李清照而言，是多么残酷的一件事情。谁不想永远生活在幸福中呢？

　　夫子云："岁寒，然后知松柏之后凋也。"人只有在逆境中才知道自己有多么坚强，才知道自己有多大的潜能。李清照的经历或可为之证。

天人合一本自然

梦中作

【宋】许安仁

山色 / 浓 / 如滴，湖光 / 平 / 如席。

风月 / 不 / 相识，相逢 / 便 / 相得。

【解读】

　　此诗题为《梦中作》，可见为纪梦之作。诗人吟咏此诗几日后，便去世了，因此，很可能是去世之前的了悟。

　　首句写山色，山色是由各种花草树木的翠绿堆积而成的，自然是绿色的。以"浓"出之，可见绿得深邃，绿得纯粹，那绿色仿佛能像水一样滴下来。次句写湖光，一般来说，关注点应该在水的澄澈与碧绿，但这里却忽略了这些，把重点放在了湖面的"平"，可见此时，湖面一丝风也没有。可是即使没有风，湖面也不可能毫无涟漪，所以以"席"写"平"，还是可见湖面皱起波纹的状态。

前两句写得纯粹，写得开阔。但仅仅是自然界常见的景色而已。有了第三、四句，整个诗歌的境界才得以提升。

第三、四句说，自然界的湖光山色、风花雪月与人，本来都是独立的存在，双方即使互不见面，也都有各自的一生。然而一旦两两相逢，便会如同知己一般，成为莫逆之交。何以如此？因为自然本身的丰富性，可以蕴含很多的灵性精神，当一个人以自己全部的学识修养与自然相遇、与自然沟通，二者契合融通，个人整个生命融入宇宙自然的生机理趣中，天地骤然变宽，内心无往不适，自得其乐，何其自在。这就是所谓的"相得"。大概，诗人也是因为顿悟此理，才得以放心地离开这个世界吧！

中国古代讲"天人合一"，其实是非常深刻的一种哲理。这首小诗也是一个体现。

欲盖弥彰少年心

采莲曲二首·其一

【宋】萧德藻（zǎo）

清晓 / 去 / 采莲，莲花 / 带露 / 鲜。

溪长 / 须 / 急桨（jiǎng），不是 / 趁 / 前船。

【解读】

　　此诗仿民歌而作，颇为清新可喜。从诗意看，主人公应该是个情窦初开的小伙子。

　　首句言"清晓"，即一大早，以"清"修饰"晓"，可见这个早上空气非常清新，景色很是明朗。男子撑着船前去采莲。古诗中，采莲语带双关，有求爱的意思。看来，这个小伙子之所以一大早就出来，是因为心里有个心愿还未了却。至于是什么心愿，"采莲"二字一出，已昭然若揭。次句"莲花带露鲜"亦一语双关，既是写清早的莲花鲜妍粉嫩、溢满露珠，亦是写采莲的男子心上的姑娘面如芙蓉，年轻漂亮。原来，小伙子之所以这么早就出来采莲，是因为心上人是采莲女啊!

不妨还原一下这个场景：故事发生的时间是一大早，地点是荷塘里。荷塘的水应该是很清澈的，或许水里还有鱼，亭亭的荷花，田田的荷叶，还有成熟的莲子。早有预谋的小伙子撑着船进入荷塘后，看见了心上的姑娘，她有着荷花一样粉嫩的脸庞，穿着荷叶一样翠绿的衣裙，她是那么耀眼，小伙子的心不觉怦怦直跳，按捺不住地雀跃。

于是他悄悄地划船跟在姑娘的船后，或许有人看到了。看看前船，看看他，会心一笑，或许还和旁边的人指指画画、窃窃私语，小伙子心里发毛，担心别人说什么闲话，于是赶忙说：啊，这条小溪怎么这么长啊，离我家也太远了吧，我可得快点儿划，我可不是为了追前面的小船啊。他不解释还好，这样一解释，那份欲盖弥彰令人忍俊不禁。

这首小诗，可以看出小伙子为了见到中意的姑娘，一早出门，制造相遇的机会；等到相遇了，为了接近她，奋力划船；被人发现后，顾左右而言他找借口。既想接近心上人，又怕被别人发现，既窘迫又有一点儿小聪明。把小伙子情窦初开勇敢追爱的样子，写得那么真实而美好。

不得不说，从前有"北人气概如山，南人柔情似水"的说法，即使是在这样的小诗中，也有所体现。

温言软语嗔痴儿

采莲曲二首·其二

【宋】萧德藻

相随 / 不觉 / 远，直到 / 暮烟 / 中。

恐嗔（chēn）/ 归得晚，今日 / 打头风。

【解读】

这一首承接第一首而来。主人公还是那个划船跟着姑娘的小伙子，大背景还是"接天莲叶无穷碧"的荷塘，荷塘里还是有清清的水，游动的鱼，粉嫩的荷花，碧绿的荷叶，还有无数忙碌的身影。

前两句，划船的小伙子一边嘴中不停说，是这条溪水太长我得划快点儿，可不是为了追赶前面的船，一边手中不停划着船，不知不觉跟着前面的小船划到了很远的地方。不仅如此，应该跟了很长时间了，因为这个时候，天色都暗了，水面由于傍晚气温下降，都起雾了。

合理地猜想一下，那个漂亮的姑娘应该采完了莲，划船到岸边，上岸回家了，这时小伙子才醒悟过来：哦，已经这么晚了呀，我也该回家了。不要问小伙子有没有采莲，小伙子不是纨绔子弟，姑娘也不是十指不沾阳春水的大家闺秀，采莲的本职工作当然要做。

后两句，回过神来的小伙子准备回家，心里却犯了嘀咕：天色都这么晚了，回去肯定要被家里人责问了，这一整天都干什么去了呀？怎么这么晚才回来？我该怎么回答呀！仿佛可以看到小伙子抓耳挠腮的样子。但是忽然，他的眼睛一亮，眉开眼笑，那就说，今天行船不利，一天都是逆风啊！一个"嗔"字，可见小伙子的家教应该比较宽松，以至于发生这样的事情，家人也仅仅是责怪，而他的小聪明应该就可以掩护过去。还可以想象，小伙子如此做法，已经不是第一次了，家人应该也见怪不怪了。

一幅水乡人家软语温言，围炉闲话，灯火可亲的画面如在眼前，想来就让人心生温暖。

镜背郎心不分明

乐府二首·其一

【宋】许棐（fěi）

妾心 / 如 / 镜面，一规（kuī）/ 秋水 / 清。

郎心 / 如 / 镜背，磨杀 / 不 / 分明。

【解读】

此诗仿乐府民歌，以女子口吻出之。

前两句两个比喻叠加写女子之心。首句说女子之心就如同铜镜的镜面，这是第一个比喻，以铜镜镜面比女子之心，可见女子之心是非常清明，一眼可见其底；但还不够，于是次句又叠加了一个比喻，女子之心啊，又像那一湾秋水般澄澈见底。"规"其实是"窥"的意思。女子的心，本就像铜镜镜面般清明澄澈，你再细细看的话，透过镜面，你还可以看到女子秋水一般清澈见底的真心。可见此女之心痴绝，且颇有众所周知之意。

但男子之心却不明朗，"郎心如镜背，磨杀不分明"，即男子之心却如同铜镜的背面，模模糊糊，不清不楚；为了要看清楚，就要一直磨啊磨啊，可无论怎么磨，都还是迷迷蒙蒙、朦朦胧胧，根本看不清楚。可见男子心意的飘忽不定。

　　铜镜是古代女子闺中的常见物品，以此作比，更加通俗易懂。铜镜的正面比喻女子心意的澄澈真诚；铜镜的背面比喻男子心意的模棱两可，比喻得都非常贴切。虽然并没有过多的直接抒情，但是两相对照之下，女子与男子态度不同就蕴含其中了。

可悲可悯女儿心

乐府二首·其二

【宋】许棐

郎心／如／纸鸢（yuān），断线／随风／去。

愿得／上林／枝，为妾／萦（yíng）留住。

【解读】

这是组诗中的第二首，写法与前一首类似，亦以女子的口吻出之，也用了比喻来抒情。

前两句是说，你的心啊就像那天上飞的风筝，虽然线还在手里，但是已经断了，你已经随着风渐渐地越飞越远了。意思很明确，男子已经毅然决然地离开了。

那女子呢，她心情如何？她也愿意放手吗？后两句，女子没有直接回答，而是宕开一笔，写了她的愿望：希望有一根高高的树枝，能够帮我挂住断了线的风筝，为我牵绊住他的心。她的心情寄托在她的愿望里，她不愿意放手，她希望男子可以回心转意。我们仿佛看到，女子在院子里抬头望天，望眼欲穿的样子。

女子为什么用风筝来作比，也与古代女子的生活有关。女子可以外出放风筝，但是除了特定节日外，女子只能在自家的院子里。那高高飘飞的风筝除了象征着男子飘忽远逝的心，也象征着女子渴望自由的心。只是，女子向往的自由可能根本不会来，男子的心飘忽远逝却是经常会发生的事。

其实，古代的女子之所以总是如此痴心，更大的原因在于其社会地位低下，不同阶层的妇女相应地依附于不同阶层的男子，加上生活环境的闭塞，面对男子的背叛，她们往往无可奈何，其情可悯！

家园故国今何在

寄江南故人

【宋】家铉翁

曾向 / 钱塘 / 住，闻鹃 / 忆 / 蜀乡。

不知 / 今夕 / 梦，到蜀 / 到钱塘？

【解读】

作者写作此诗时，宋已亡，诗人因先前奉使入元，被留在燕京。诗歌的情调非常悲凉，萦绕着一股"夕阳无限好，只是近黄昏"的悲伤情绪。诗人是眉州眉山人，属蜀地；后曾知临安府，任浙西安抚使，钱塘是临安府治所所在，为南宋都城。

前两句，诗人说的是过去。自己曾经在钱塘为官多年，住了很久，也结交了不少江南的朋友；每当杜鹃声声鸣叫的时候，总还是会想起自己的故乡——蜀地之眉州。这个时候，国家尚在，所以这两句即使悲伤，也仅限于思乡而已。

而如今，在这燕京，居然又听到了杜鹃的叫声。此时杜鹃这个意象所包含的悲凉凄惨便不仅仅是思乡那么简单了。杜鹃传说是古蜀国望帝杜宇死后所化，叫声凄厉，神似"不如归去"，且一旦啼叫，必至吐血而死。

后两句，诗人说的是现在。结合杜鹃这个凄厉的意象，国亡的惨痛涌上心头。日有所思，夜有所梦，诗人说，看来我今晚一定会做梦的，只是我的梦里出现的，不知道是蜀地，还是钱塘。其实，此时会梦到哪里已经不重要了，因为都已经沦亡了。

可以想象，诗人在此情此境中，一定日日思念故乡故国，一定夜夜梦见故乡故国。"今夕"之梦，不过是无数个梦的重复而已。具体内容虽然不能确切预知，但却不外乎故乡故国。既是如此，诗人为什么不回去呢？因为此时家国已亡，诗人是被扣留在燕京的前朝遗民，根本没有人身自由。不是"不如归去"，而是"不能归去"。国家屡弱以至沦亡，诗人内心该是何其沉痛！即使如此，他依然矢志不渝，诗人对故国故乡的爱，何其深厚！那隐含在诗中，柔中带刚、凛然不可犯的气节，让人钦佩不已！

不能忘记的还有一点，诗人此诗是写给人在沦亡区的江南的朋友的，因而还有一层悲，这首诗，朋友不一定能收得到。诗人全心全意想要传达给朋友的心意，可能到头来根本无法寄出，到最后，这一切的感情，诗人便不得不独自消化。如此一想，真是闷煞人也！

寒衣万千无处寄

寄衣曲三首·其一

【宋】罗与之

忆郎 / 赴 / 边城，几个 / 秋砧 / 月。

若无 / 鸿雁 / 飞，生离 / 即 / 死别。

【解读】

此诗代思妇立言。思妇，特指古代丈夫出征边疆独守空房的女子。

前两句是说，想起亲爱的他参军奔赴边疆保卫家园，已经不知道过了多少年了。"几个"是指多个、无数个的意思，虽然是不知道过了多少年的意思，但是着眼点却是思妇月下砧上捣衣的画面。"秋砧月"三字，不由得让人想起李白的《子夜吴歌·秋歌》："长安一片月，万户捣衣声。秋风吹不尽，总是玉关情。何日平胡虏，良人罢远征。"念及此，诗里的女子就不是一个人，而是一群人。赴边的征夫有多少人，在家空守的思妇就有多少人。天气凉了，又该寄寒衣给参军赴边的丈夫了。在清凉的月色下，不是一个女子而是无数的女子，她们一边想着远方的爱人，一边手下不停捣衣。而寒衣辛辛苦苦做成之后，却不知能不能寄出，不知心里牵挂的人能不能收到。若是没有机会收到，思妇的心情是何等无奈无望，可想而知。

前两句已经够沉痛了，但居然还不是最沉痛。"若"似乎是一种假设，但其实更大程度上并非假设，是真的没有鸿雁传信。这样翻出一层的写法，本是为了减轻痛苦，但由于是事实并非假设，所以痛苦非但没有减轻，反而加倍了。也就是说，许多时候对于独守空房的思妇而言，丈夫一去，本就不是生离，而是死别。

今天有一句流行的话是，枪响之后没有赢家。其实未尝不可以用到这里，战争，从古至今，无不如此。有战胜方、战败方，却没有真正的赢家。哪一方不需要付出惨痛的代价？对于那些身在其中的普通的征夫，更是切肤之痛，此诗所言，即可为证。

愁肠百结欲寸断

寄衣曲三首·其二

【宋】罗与之

愁肠 / 结 / 欲断，边衣 / 犹 / 未成。
寒窗 / 剪刀 / 落，疑是 / 剑环 / 声。

【解读】

第一首写夫妻之间已经离别了好长时间了，每年到秋天就做寒衣，但因为没有信使，所以即使做好了也往往寄不出。

这一首对比上一首而言，看似生离，实则死别，因为根本不知道还有没有再见的希望。

所以首句说：愁肠百结，几乎要寸寸而断。可想而知，思妇何等痛苦。在这样的痛苦中，是无法继续做衣服的，所以次句说"边衣犹未成"，要寄给丈夫的衣服还没有做成。

这寒衣有没有做的必要呢？现在的处境明明很尴尬：做吧，寄不出去；不做吧，万一有机会寄出去，自己却没有做成岂不是很遗憾！因此，思妇还是强打精神在做寒衣。

冬夜，窗前，思妇手拿剪刀裁衣缝制，自己的千般愁苦万般思念都缝进了衣服里。起起落落间，剪刀发出了声音，思妇居然产生了幻觉：哎，怎么会有剑环响起的声音啊，难道是亲爱的他回来了？幸福的是这个错觉，但悲伤的也是这个错觉。

把相思缝进衣服里，要是能送到他身边该多好，可事实是送不到的，所以一腔相思付水流。剪刀起起落落的声音听成剑环声，是相思成疾的表现，只有刹那的幸福，转瞬就是无尽的悲凉。细思之下，令人心碎。

寄衣曲三首·其三

【宋】罗与之

此身 / 傥 / 长在，敢恨 / 归 / 无日？

但愿 / 郎 / 防边，似妾 / 缝衣 / 密。

【解读】

这是组诗中的最后一首，其情调与前两首一脉相承。

开篇是一声长叹：哎，我要是可以长命百岁、长生不老就好了。这样，我就不会心生埋怨了；但事实是生命是有限的，我怎么能不埋怨呢？丈夫归来遥遥无期，我怎么能坦然接受呢？这两句的言下之意，正是丈夫的归期毫无着落，以至于女子居然心生长生不老的痴念。只要长生不老，终究是能等到他的归来。

无可奈何之下，女子只好退而求其次，默默祈祷：无论能不能收到寒衣，但愿你在边疆，要多想想家乡，多想想家中的人，就像我牵挂边疆时缝制寒衣，总会把针脚缝得密密的。民间有说法，缝制衣服时，针脚越密，表明家中人对于游子归家的盼望之情越浓。

这三首诗，以思妇为抒情主人公，因而情感细腻深邃，悲情沁入骨髓。其实，不必多言，换个角度，身在边疆的征夫，怎么可能不想要回家呢？只是"匈奴未灭，何以家为"，小爱终究是要让位给大情的。

合三首而言，第一首重在别离时间太久，忙于制衣却寄出无望；第二首重在以愁结衣，无比痛苦以致相思成疾，产生幻觉；第三首则重在念归，如此思念，只有相聚可疗愈，但偏偏相聚无期。无尽的期盼中饱含的是深深的绝望。与古代诗歌中征夫思妇系列诗歌相参来读，这三首诗表达的情感就更加深切了。

摩诘诗魂竟又见

夜 泉

【明】袁中道

山白 / 鸟 / 忽鸣，石冷 / 霜 / 欲结。

流泉 / 得 / 月光，化为 / 一溪雪。

【解读】

袁中道是明代"公安派"的代表人物，"公安派"论诗，主张"独抒性灵，不拘格套"，反对前后七子的"诗必盛唐"。话虽如此说，但如此诗中，却还是能见出盛唐诗歌对他的影响。此诗便是从王维的诗歌中脱胎而出的。

首句以"山白鸟忽鸣"写静。从王维《鸟鸣涧》"月出惊山鸟，时鸣春涧中"化出，是对王维诗歌意境的概括。"山白"即是到了夜晚，月亮出来了，原本幽暗的山在月光下逐渐变亮。"鸟忽鸣"，因为之前太昏暗，所以仅仅是光线的变化，山中的鸟儿就受惊了，从而鸣叫起来了。在短暂的受惊鸣叫之后，鸟儿安静下来，山中恢复宁静，就比之前更加幽静了。

第二句写"冷"。夜晚到来，气温下降，连石头都变得很冷。空气中水汽碰到石头，几乎要凝结成霜。一个"欲"字，将结霜的动态过程描绘了出来，可谓妙笔。

第三句扣题中的"泉"。此泉眼当是一条小溪的源头，"得月光"则是说，皎洁的月光从深蓝色的天空中倾泻下来，正好照到了泉眼。此时小溪里流动的泉水，很容易让人想起王维《山居秋暝》中那句"清泉石上流"，可以想象小溪里清澈的泉水流动时发出的淙淙的声音。

月光照进小溪，结果如何呢？"化为一溪雪"。以"雪"写月光映照下的溪水，也是别有趣致。此处着一"雪"字，可知此夜月色皎然；亦可知月亮倒映在小溪里，整条小溪的水都被笼罩在皎然的月色中。再加上"一溪"二字，又让"雪"带上了流动的状态，读罢仿佛身临其境。

通篇并无"夜"字，但却处处紧扣"夜"字。诗中所有的意象：山、鸟、石、霜、泉，在夜晚月色的晕染下，都着上了白色的底色，更加清冷幽静。诗歌写得十分细腻，细细体味，韵味无穷。

妙趣横生写牧童

所 见

【清】袁枚

牧童 / 骑 / 黄牛，歌声 / 振 / 林樾（yuè）。

意欲 / 捕 / 鸣蝉，忽然 / 闭口 / 立。

【解读】

　　袁枚是清朝乾隆时期最重要的诗人之一，论诗主性灵，是"性灵说"的鼻祖，其"直抒性灵"的主张，在当时影响很大。此诗是袁枚外出途中所见，妙趣横生，可见其性情。

　　起句中的牧童，十分悠然自得，他牧的是一头黄牛。晃晃悠悠的黄牛缓缓挪动脚步，牧童骑在牛背上，整个身子一晃一晃的，特别惬意。

　　大概是太惬意了，牧童忽然想唱歌了：他一开口，歌声高亢嘹亮，几乎响遏行云，可以穿透整个树林。看来，牧童是经常唱歌的，才会练就一副好嗓门。

前两句，大多数人认为牧童应该是边放牧边唱。我却觉得，忽然想唱歌的解法更能见出牧童情绪的微妙发展，更加细腻。

第一句到第二句，已经是一个小小的发展，第三句陡然生变，却能写出牧童的小孩儿心性：正在唱着歌的牧童忽然听到树林里的蝉鸣声，顿时起了要抓一只蝉来玩的念头。这种忽然产生的念头，正可见出牧童好奇爱玩的心性，特别贴合人物形象。

因为要捉蝉儿，怕自己的歌声惊动蝉儿，把它吓跑，所以才有第四句"忽然闭口立"，"忽然"是歌声戛然而止，"闭口立"是动作，忽然紧紧"闭口"的是正在唱歌的牧童，"立"住的则首先是黄牛，然后才是牧童。彼时正在牛背上的牧童，因为与自己的黄牛非常熟悉，所以一定有办法让它说走就走，说站就站。所以当他自己想要捉蝉儿的时候，自己先闭口，然后让黄牛立即停下来；随后，说不定就在牛背上，这个牧童站了起来。

一首五绝，晃晃悠悠的牧童，忽然想唱歌了，忽然想抓蝉了，忽然闭口站起来了，写得波澜迭起，层层曲折，令人叹服。

坚持绽放自向阳

苔

【清】袁枚

白日 / 不到 / 处，青春 / 恰 / 自来。

苔花 / 如米小，也学 / 牡丹 / 开。

【解读】

苔藓是一种寄生于阴暗潮湿之处的植物，在文学史上，对苔藓最著名的歌咏大概就是刘禹锡《陋室铭》中的那句"苔痕上阶绿"了。可是在袁枚笔下，苔花却有着顽强执着、乐观向上的生命品格。

"白日不到处"，点出了苔花的生长环境，是我们不喜欢的阴暗潮湿、阳光基本上照射不到的地方。这样的环境下，很多的生命要么无法生长，要么早早萎谢了。

但苔藓"青春恰自来"，"青春"与现代意义有所区别，此处是说苔藓用一颗颗细小的生命连成整片的绿色，"恰自来"，是说这一抹生机勃勃的绿色恰恰是来自如此环境。可见苔藓的执着以及对生命的向往。

这片苔藓不仅如此顽强地生出绿意，甚至还能开出花来。"苔花如米小，也学牡丹开"，苔藓开出的花，非常细小，只有米粒般大小，但是就它对生命的向往这一点来说，谁又能说它比不上国色天香的牡丹呢？更何况，它身上的不卑不亢、不妄自菲薄，更能感发人心。

读此诗，很难不想起那些在艰难的环境中，依然坚持、依然绽放的小人物。他们或许平凡，但是绝不卑微，他们自有一分向阳而生的对美好生命的向往，他们的乐观和执着，往往令人折服，令人赞叹。

舟夜渔灯暖客心

舟夜书所见

【清】查（zhā）慎行

月黑 / 见 / 渔灯，孤光 / 一点 / 萤（yíng）。

微微 / 风 / 簇（cù）浪，散作 / 满河 / 星。

【解读】

从题目可知，这首诗写的是诗人在夜行的客船上所见到的景色。

起句言"月黑"，表明此时天空并无月亮，一片漆黑。如此，渔灯这样微弱的光才有可能进入诗人的视线。若是皓月当空，渔灯的光就会被完全掩盖，失去出场的机会了。

"孤光一点萤"是对渔灯的具体描写："孤光"，即仅有的一束孤零零的光；"一点萤"，弱到几乎可以忽略不计，只有萤火般微弱的亮度。

忽然想起俄罗斯作家柯罗连科的散文诗《火光》，黑暗中，往往一星半点儿的光，就会成为人们前行的方向和动力。我想，在这个夜晚，船上的诗人在黑暗中看到的那盏光线暗淡的渔灯，心里一定是温暖而充满希望的。

所以后两句的发展才是让人赞叹的。"微微风簇浪"，如果说前两句是偏静态的描写，这一句就是动态的了，微微的风吹起来了，河面泛起了一簇簇细浪。用"微微"写风，可见风不凛冽不寒冷，而是那种沁凉的感觉，吹在身上应该是让人觉得舒爽的；"簇"字下得异常形象，可以想见水面的细浪动态聚散的过程。

正是因为这层层的细浪，那映在水面的如萤火般的一点孤零零的渔灯灯光，居然随着无数的细浪，散成了满河颤动不停的光点，仿佛是数不清的星星。有多少细浪，就有多少颗星星。不难想象，诗人看着这满河跳动的灯影火光，心情是何等愉悦。

对于夜晚船行途中所见所感，诗人写得十分细腻，用字精准传神，联想新颖奇妙，一幅舟夜星火图如在眼前，令人心生愉悦。